KB110814

마음사전

마음사전

김소연

마음산책

마음사전

1판 1쇄 발행 2008년   1월   20일
1판 57쇄 발행 2024년   9월   5일

지은이 | 김소연
펴낸이 | 정은숙
펴낸곳 | 마음산책

등록 | 2000년 7월 28일(제2000-000237호)
주소 | (우 04043) 서울시 마포구 잔다리로3안길 20
전화 | 대표 362-1452 편집 362-1451   팩스 | 362-1455
홈페이지 | www.maumsan.com
블로그 | blog.naver.com/maumsanchaek
트위터 | twitter.com/maumsanchaek
페이스북 | facebook.com/maumsan
인스타그램 | instagram.com/maumsanchaek
전자우편 | maum@maumsan.com

ISBN 978-89-6090-027-1 03810

* 책값은 뒤표지에 있습니다.

마음의 가역可逆 작용은 불완전하다

언제나 흔적이 남는다

외롭다는 말을 설명하기 위해서 하룻밤을 꼬박 새워본 적이 있다. "그러니까"에서 시작해서 "이를테면"을 거쳐서, "마치 그것은……"을 지나 "비교하자면……" 즈음에 이르렀을 때에야 그는 겨우, '외롭다'는 말을 이해했다. 이해하자마자 그는 침대에 누웠고 이내 코를 골았고, 나는 공책을 펼쳤고 '외로움'을 발화한 대가를 치른 간밤을 낱낱이 기록했다. 십수 년 전의 일이다.

그 뒤로 그와 대화를 나눌 때에는, 내 입에서 나온 마음 관련 낱말 하나하나에 밑줄을 긋고, 주석을 달며 말하는 습관이 생겼다. 어느 한 사람 때문에 생긴 버릇이지만, 이제는 나의 어법이 되어버렸다.

그런 나의 어법을 정리하여 『마음사전』을 만들어본다. 처음에는 칠

■ ■

백 가지가 넘는 마음의 낱말들을 모아서 수첩에 적었다. 미세한 차이를 지닌 낱말들까지 옆에 다 적어두자니 천 가지는 훌쩍 넘는 듯했다. 마음을 나타내는 낱말이 어쩌면 이리도 많을까 신기해하면서 출발한 작업이었지만, 지금은 마음의 결들에 비한다면 마음을 지칭하는 낱말들은 너무도 부족하다는 생각에 도착해 있다.

베두인들에게는 '낙타'를 지칭하는 낱말이 천 가지도 넘는다고 한다. 이누이트들에게는 '눈'의 종류를 구별하는 어휘가 수십 가지는 된다고 한다. 스콜이 매일매일 퍼붓던, 적도 근처의 어느 뜨겁던 나라엔 '소나기'를 뜻하는 낱말들이 셀 수 없이 많았다.

내 앞에 낙타 한 마리가 도착해 있다. 그렁그렁한 눈망울을, 길고 긴

■■

속눈썹으로 쓸어내리며 나를 바라보고 있다. 세상에 단 하나밖에 없을 나의 낙타에게, 나는 "낙타야" 하고 불러야만 하나. 이 녀석을 호명할 알맞은 말 한마디가 없어서, 나 또한 녀석을 그저 바라보고만 있는 중이다.

마음의, 무수히 중첩되고 해체되고 얽혀드는 실핏줄. 나는 언제나 핏발이 선 채 피곤해하지만, 두 눈 똑바로 뜨고 정면 응시하면서, 바라보려 한다. 세상을, 사람을, 당신을. 마음은 우리를 현실 이상의 깊은 현실과 만나게 하는 가장 자연스러운 시선이기에.

2008년 1월,

마음에 대한 즐거운 억측을 시작하며

김소연

□ 차례 □

* 옆의 시 출전 : 『오늘의 미국 현대시』 (임혜신, 바보새, 2005)

황량한 바람이 유령처럼 불어오는 밤
잠의 문전에 기대어 나는 생각한다.
세상에서 맨 처음으로 꿈을 꾸었던 사람을,
첫 꿈에서 깨어난 날 아침 그는 얼마나 고요해 보였을까.

자음이 생겨나기도 오래전
짐승의 표피를 몸에 두른 사람들이
모닥불 곁에 모여 서서
모음으로만 서로 이야기를 나누고 있을 때.

그는 아마도 슬며시 자리를 떠났을 것이다
바위 위에 걸터앉아 안개가 피어오르는 호수 깊은 곳을 내려다보며,
도대체 무슨 일이 일어난 것일까 어떻게 가지 않고도
다른 곳으로 갈 수 있었단 말인가, 홀로 생각에 잠기기 위해

다른 사람들은 돌로 쳐 죽인 뒤에만 만질 수 있었던
짐승의 목에 어떻게 팔을 두를 수 있었던 것일까.
살아 있는 짐승의 숨결을 어찌하여 그리 생생하게
목덜미에 느낄 수 있었단 말인가.

그리고 거기, 한 여인에게도
첫 꿈은 찾아왔으리라.
그가 그랬듯이 그녀 역시 홀로 있고 싶어
자리를 떠나 호숫가로 갔겠지

다른 것이 있었다면 젊은 어깨의 부드러운 곡선과
가만히 고개를 숙인 모습이 몹시도
외로워 보였을 것이라는 것뿐. 만일 당신이
거기 있었더라면, 그래서 그녀를 보았더라면

당신도 그 사람처럼 호숫가로 내려갔으리라. 그리하여
타인의 슬픔과 사랑에 빠진 이 세상 첫 남자가 되었으리라.

─빌리 콜린스, 「첫 꿈」

거울을 오래 들여다보는 이는 거울의 이면까지 들여다보게 된다

1

오   직

마   음   때   문   에

존   재   하   는   것   들

유리와 거울

　어느 날 유리창에 달라붙은 매미를 본 일이 있다. 나무에 달라붙어 있을 때는 등짝만을 보아왔는데, 유리에 달라붙으니 전혀 볼 수 없었던 매미의 배를 보았다. 징그럽기도 하고 아름답기도 했다. 그것을 바라보면서 사람에게 마음이 없었더라면 유리 같은 것을 만들어내지 않았을 것이란 생각이 들었다. 인간이 얼마나 마음을 존중하는 종자인지를 생각하게 되었다. 매미와 나 사이에서 유리는, 매미를 나로부터 보호하기도 하고 나를 매미로부터 보호하기도 했다. 굳게 닫힌 유리창이 없었더라면 커다란 곤충을 가까이하기 두려운 나 같은 사람은 그것의 배를 한참 동안 바라볼 수는 없었을 것이다. 매미 또한 나에게 배를 보여주며 그렇게 집념에 차서 울고 있을 수는 없지 않았을까.

　차단되고 싶으면서도 완전하게는 차단되기 싫은 마음. 그것이 유리를 존재하게 한 것이다. 그러고 싶으면서도 그러기 싫은 마음의 미묘함을 유리처럼 간단하게 전달하고 있는 물체는 없는 것 같다. 가리면서도 보여줄 수 있다는 것 때문에 유리로 된 용기는 두루 사용된다. 술병도 그러하고 화장품 용기나 약병 같은 것도 그러하다. 안에 있으면서도 밖을 동경하는 마음 때문에 사람은 분명 유리를 만들어냈을 것이다. 안과 밖의 경계를 만들면서 동시에 허무는 것. 그것에 대한 인간의 욕망 때문에, 유리는 세상에 존재하고 있고, 그렇게 단순하게 안과 밖 혹은 이분법적인 구분이 아닌 것들로 세상이 존재하고 있음을 유리는 요약해 보여주고 있다.

유리의 뒷면에 수은을 입히면 거울이 된다. 유리는 빛을 투과하고, 거울은 빛을 반사한다. 빛이 지나갈 수 없다는 점 때문에 거울은 피사체를 그대로 볼 수 있게 해준다. 거울을 보는 눈. 빛이 지나다닐 수 있기 때문에 다른 그 무엇도 자유롭게 지나다닐 수 있어서 유리가 경계를 허물 수 있는 물체가 되었다면, 거울은 빛조차 지나다닐 수 없기 때문에 모든 것을 반사하는 물체가 되었다. 유리는 우리가 무언가를 투시하게 한다면, 거울은 우리가 무언가를 반영하게 한다. 반사하고 반영한다는 점 때문에 거울을 오래 들여다보는 이는 거울의 이면까지 들여다보게 된다. 정확한 풍경을 보여주기 때문에 풍경 안으로 걸어 들어갈 수가 있다. 유리를 통하여 우리는 빛의 길을 따라 '갈' 수 있다면, 거울을 통하여 우리는 빛의 길을 따라 '올' 수 있게 된다.

그렇지만 거울은 정확한 풍경을 보여주는 대가로 그것을 반대로 보여준다. 오른쪽은 왼쪽이 되어 있고 왼쪽 또한 오른쪽이 되어 있다. 실체를 뒤집어 보여준다. 이데아와 그림자가 역전된다. 그 때문에 우리가 굳게 믿고 있었던 것들에 대한 인식의 틀을 뒤집어버린다. 또한, 거울 두 개를 마주 보게 하면 끝없이 자신을 반영하며 마주 본다. 거울이 거울을 끝없이 마주 보고 있으면 무한으로 갈 수도 있고 그 과정 속에서 분열을 일으킬 수도 있듯이, 사람이 사람과 끝없이, 그리고 골몰히 마주 보고 있으면 그와 같을 수 있다.

거울은 배면이 수은으로 닫혀 있기 때문에 풍경 밖으로 걸어가기보다는 풍경 안에 침잠하게 하며, 유리는 아무것으로도 배면을 닫아놓지 않기 때문에 풍경 밖으로 걸어가게 한다. 마음을 확산하는 것이 유리라면, 마음을 수렴하는 것은 거울인 셈이다.

차 한 잔과 담배 한 모금

밥은 사람의 육체에게 주는 음식이라면, 차茶는 사람의 마음에게 주는 음식이다. 밥보다 차를 더 즐기는 사람이라면 분명히 마음이 발달한 사람이다. 밥 한 그릇이 육체에게 에너지를 준다면 차 한 잔은 마음에게 에너지를 준다. 일하는 막간에 차 한 잔을 마시는 휴식의 시간은 마음을 쉬게 하고 그럼으로써 육체를 돌보게 해준다.

찻집에서 차 한 잔을 함께 마시지 않고, 식당에서 밥만 먹고 헤어지는 관계에는 온기가 없다. 식당만큼이나 찻집이 많은 우리가 사는 동네를 산책하면서, 마음이 만나는 것이 적어도 육체가 만나는 것만큼은 소중하구나 하는 생각이 든다. 그리고 찻집의 간판을 보라. 식당의 간판은 아름다움을 추구하기보다는 명시성을 추구하고 있지만, 찻집의 간판은 여전히 아름다움 쪽을 향해 있다. 눈보다는 마음을 끌기 위해서.

담배는 건강에 해롭다. 백해무익하다는 담배이지만, 그것은 육체의 관점에서만 보았을 때 가능한 이야기이고, 애연가들에게 담배는 정신 건강에 이롭다. 몸보다 정신의 건강을 우위에 두는 사람이라면 담배가 몸을 해치는 것을 알고도 담배를 계속 손에 들게 될 것이다. 한숨과도 같은 담배 한 모금을 내뿜으며 사람들은 마음을 환기하고 쇄신할 수 있다. 덩 샤오핑鄧小平에게 사람들이 장수의 비결을 물었을 때, 그는 '끽연'이 그 비결이라고 말했다 한다. 만끽한다는 것만큼 지혜로운 건강법은 없다.

뜨거운 물에 차 알갱이가 풀려나가고, 담배 한 모금의 연기가 허공에 풀려나간다. 그 풀려나가는 실체를 바라보며 사람들은 마음의 매듭을 푼다. 찻물을 끓일 때에도 담배를 피워 물 때에도 불이 필요하다. 차와 담배는 온도 없이는 존재하지 않는다. 커피를 볶을 때에도 녹차 잎을 말릴 때에도 열기가 필요하고, 담배를 피울 때에도 점화가 필요하듯이, 마음에도 열기와 점화가 필요하다. 냉정함이 열정의 한 방법이듯이, 냉정해지는 것에도 온기 있던 한때가 전제된다. 차 한 잔과 담배 한 모금을 음미할 때처럼.

차가운 거울과 뜨거운 차 한 잔

우리는 이따금 사랑하는 사람에게 차가운 거울이 되어 마주할 때가 있다. 차가운 거울과 거울의 마주함은 끝없는 복제와 복제를 낳아 무한대의 영역 속에 서로를 가두게 한다. 그렇게 이따금 사랑하는 사람을 골똘히 마주하다 마침내 감옥에 가두고야 만다.

그러나 우리는 언제나 사랑하는 사람과 뜨거운 차 한 잔을 원한다. 찻잎이나 차 열매가 물기 하나 없이 건조된 후에야 뜨거운 물과 조우할 수 있듯이, 사람도 그와 같다. 충분히 건조되었을 때에야 온몸으로 응축하고 있던 향기를 더 향기롭게 퍼뜨리는 뜨거운 차 한 잔처럼, 사람의 마음과 마음이 마주한 시간도 그와 같다. 향기롭게 발산하기 위하여 나에겐 언제나 따뜻한 물과 같은 당신이 필요하다.

2

당신을 착시하기 때문에 나는 당신이 아름답다

마   음   에

존   재   하   는

감   각   들

거부

마음에도 두 개의 귀가 있다. 듣는 귀와 거부하는 귀. 이 두 개의 귀로 겨우 소음을 견디고 살아간다. 지구가 돌아가는 광폭한 소음은 듣지 못하면서도 한밤중 냉장고가 돌아가는 소음은 예민하게 듣는 몸의 귀처럼, 고막이 터지지 않을 정도의 소리들에만 반응하는 귀. 칭찬은 받아들이고, 비난은 거부하는 귀. 흉물스러운 것을 받아들이지 않는 마음의 귀. 고운 것을 향해 넝쿨처럼 뻗어나가는 마음의 귀. 호오好惡를 각각 구별하는 귀 때문에 나는 나를 호위할 수 있지만, 그 때문에 나는 나를 안전하게 가둔다.

방향

몸의 귀도 한쪽만 쓰면, 소리의 방향에 둔감해진다고 한다. 마음도 그렇다. 방향을 잃는다. 나를 부르는 소리가 어디서 들려오는지 잘 듣지 못하고 헤맨다. 내 마음은 언제나 귀를 잘 닦고 양쪽을 함께 쓰고 싶다. 나를 부르는 소리를 잘 듣고, 어디서 들려오는지 잘 알고, 헤매지 않고 가 닿고 싶다. 마음이 가는 방향을 두 개의 귀의 균형 속에서 결정할 수만 있다면, 방황하고 소모하는 시간들을 아주 조금은 줄일 수 있으리라.

어둠

전등불을 갑자기 끄면 사방은 칠흑이지만, 이내 그곳에도 빛이 있음을 깨닫는다. 그리고 사물들의 실루엣이 보이다가 사물들이 온전히 보이기 시작한다. 조금의 시간이 필요할 뿐이다. 마음이 칠흑일 때, 차라리 마음의 눈을 감고, 조금의 시간이 흐르길 차분하게 기다린다면, 그리곤 점자책을 읽듯 손끝으로 따라간다면, 이내 사물을 읽을 수 있고, 마음을 읽을 수 있다. 밝음 속에서 읽을 때보다 더 선명하게, 온 마음으로 잘 읽힌다.

빛

마음에도 망막이 있다. 망막이 물체를 뒤집어서 받아들이듯, 나도 당신의 표현을 뒤집어보곤 한다. 그렇지 않고서는 표현 너머를 볼 수 없어서. 빛이 과하면 동공이 작아지고 빛이 모자라면 동공이 커지듯이, 빛을 한 아름 품고 달려오는 당신 앞에서 나는 언제나 마음이 무한대로 부풀고, 그렇지 않을 때는 점처럼 작아지곤 한다.

깊이와
거리

두 개의 귀를 다 열어두어야 방향을 잘 알 수 있듯이, 우리의 몸은 두 개의 눈으로 깊이와 거리를 잘 감지한다고 한다. 한쪽 눈만으로는 깊이와 거리에 착오를 일으키지만, 맑은 마음의 두 눈이 초점을 서로 잘 맞추고 있을 때에는 당신과 나의 깊이와 거리를 나는 잘 깨달을 수 있다. 깊어지고 가까워지고 있다는 사실을 오해 없이, 오류 없이 받아들이기 위해서 나는 지금 아름다운 것을 보는 눈과 추한 것을 보는 눈을 함께 뜨고 있다.

잔상

방금 보던 것이 보일 때가 있다. 지금 보고 있는 것 위에, 겹쳐서. 언제나 두 개의 당신을 견딘다. 당신이었던 당신과 당신인 당신을. 잔상이 없이는 당신은 내 안에서 살아 있지 않다. 내가 보아왔던 당신이 지금의 당신 뒤에 없었다면 나는 당신을 박제해 버렸을지도 모른다. 잔상의 원리를 적용한 영화의 화면처럼, 당신이 살아서 움직이고 있다는 기쁨은, 당신이 내게 선물처럼 남겨 주었던 잔상의 열매들 때문에 가능하다.

착시

당신을 착시하기 때문에 나는 당신이 아름답다. 노을이 아름답게 타오르는 것이 우리 눈의 착시이듯이, 내가 보고 있는 당신이 허상인 줄 알면서도 나는 당신을 믿는다. 노을을 믿듯이.

달다

혓바닥을 이루는 촘촘한 미뢰들이 맛을 감지해내듯이 나는 당신을 마음의 융단으로써 맛본다. 혀가 앞부분으로는 짠맛을, 뒷부분으로는 쓴맛을, 옆 부분으로는 신맛을 감지하고 전체로는 단맛을 감지하듯이, 당신은 내 혀 위에서 희로애락의 모든 맛을 낸다. 마음의 정면으로는 당신은 항상 짜지만, 마음의 뒤켠으로는 쓰디쓰지만, 당신 때문에 마음의 옆구리는 한없이 시지만, 전체를 부감俯瞰할 때 당신은 달다.

향기

당신의 향기 없이는 당신을 알아
볼 수 없었을 것이다. 개미가 더듬
이를 페로몬 액에 담그고서 의사소
통을 하듯이, 당신을 통째로 음미
하기 위해 나는 당신에게 나를 담
근다.

가벼움

뜨거운 열은 물체를 날게 한다. 그래서 기구는 뜨거워지자마자 가벼운 공기를 품고 하늘을 난다. 기구가 하늘을 날듯이 우리도 뜨거움 덕분에 날 수 있다. 너무 높이 날지는 말자고 모래주머니를 달고서. 더 높이 날아오르고 싶을 때에 모래주머니를 하나씩 떨어뜨리며.

마음의
절연체

절연체로 둘러싸인 그릇이 온도를 오래도록 유지하고 있는 것을 볼 때마다, 우리도 이 순간에 멈춰 있자고 말하고 싶어진다. 더 뜨거워지지 말자. 더 차가워지지도 말자. 마개를 꼭꼭 닫아두자. 당신과 나라는 그릇이 성능 좋은 절연체를 두른 보온병과도 같은 지금.

차가움과 뜨거움

물은 열을 빼앗기면 얼음이 된다. 겨울의 심장처럼 차가웠던 당신은 어딘가에 열정을 빼앗긴 가련한 얼굴을 하고 있었다. 물체와 물체를 서로 비벼 열을 만들듯이, 당신과 나의 마찰은 언제나 뜨거웠다. 대화를 하든, 섹스를 하든, 길고 긴 입맞춤을 하든, 싸움을 하든. 대기권에 존재하는 온 에너지들이 우리 머리 위에 운집하고 우리를 태운다.

올가미

태양열이 유리벽을 한번 뚫고 들어오면 다시 나가지 않고 덫에 걸린다는 사실에 착안하여 온실이 발명됐다. 그런 온실이 나에게도 있다. 이미 서로 마음의 유리벽을 꿰뚫고 직진해서 서로에게 들어간 후, 이별이 진행되고 있다 하더라도 그것은 이별이 아니다. 서로의 올가미 속에서 잠깐의 휴식을 취하고 있을 뿐. 당신은 이미 빠져나가고 없지만 당신이 이미 들어왔던 여기에서 나는 따뜻하다.

3

감정은 반응하며, 기분은 그 반응들을 결합하며, 느낌은 그 기분들을 부감한다

감 정 〈 기 분 〈 느 낌

감정은 세세하기 때문에 명명될 수 있지만, 기분과 느낌은 명명이 불가능하다. 감정이 한 칸의 방이라면, 기분은 한 채의 집이며, 느낌은 한 도시 전체라 할 수 있다. 감정은 반응하며, 기분은 그 반응들을 결합하며, 느낌은 그 기분들을 부감한다.

감정은 오로지 육체의 하소연만을 듣는다. 그래서 훨씬 변덕이 심할 수밖에 없다. 기분은 감정을 최대한 반영하기 위해 감정의 눈치를 살핀다. 그래서 감정을 반영한 기분은 이내 감정이 다른 지점으로 옮겨갔을 때에는 '이상한 기분'에 휩싸인다. 이런 듯도 하고 아닌 듯도 한, 이것과 저것이 섞인 듯한 기분이 든다. 감정은 이미 다른 곳으로 옮겨갔기에, 기분은 잠시 지체된 채로 어리둥절해한다.

느낌은 이러한 기분을 통째로 부감한, 비교적 논리적인 세계다. 감정과 기분만으로 우리는 그 어떤 선택도 할 자신이 없지만, 느낌으로는 선택을 하기도 한다. 모든 감성적인 판단력을 총지휘하는 사령관인 셈이다.

감정은 자신만의 습성대로 감정을 지정하고, 기분은 자신만의 법칙대로 감정을 결합하고, 느낌도 자신만의 위치에서 기분을 부감하기 때문에, 감정이 지정한 그 감정에 작은 오류라도 발생한다면, 기분과 느낌은 더 크게 오류를 범하게 된다. 그래서 감정을 정확하고 예리하게 짚어내는 능력이 상실됐거나, 그 능력이 잠시 심술을 부리거나 흥분한 상태라면, 기분이나 느낌을 믿고서 내린 선택은 무참한 결과를 가져오기도 한다.

감정을 억압하고 참을성을 발휘할 때에 느낌과 기분은 심각한 오류를 범하기 쉽다. 참았다가 터지는 (아무리 잘 참아도 언젠가는 터진다) 감정은 기꺼이 바보가 된다. 그 바보를 기분은 낯설고 수상쩍다고 접수한다. 그러나 느낌이라는 것은 영악하고 타협적이어서, 이내 그것을 낯익은 것들로 요약해버린다. 이미 이뤄놓은 집합들의 사례 중에서 거칠게 선택해버림으로써. 그럴 때의 느낌은 무딘 것이거나 폭력적인 것으로 표출되기 십상이다. 사실은 어딘가 자신이 없지만, 자신 없음을 감추기 위하여 자부심에 가까운 확신으로 위장하기 십상이다. '잘 모르겠네'라고 말했어야 옳았을 느낌이지만, 잘 모르겠다고 말해서는 안 될 때가 있다. 이런 오작동을 몇 번쯤 겪어본 자라면, 직관이나 직감을 믿지 못하게 된다.

　바보스럽게 표출되는 참아왔던 감정들을 모아서, 낯설고도 괴로운 요약을 감수해낸 이 잘못된 느낌을 우리는 불신할 줄 안다. 그러나 자신의 느낌을 신뢰할 수 있는 순간 속에 안주하고 싶은 마음이 더 강하다. 그런 이유 때문에 우리는 공감 가능한 감정들만을 운영하고, 동감 가능한 기분들만을 영위하고, 기시감으로 충만한 느낌들 안에 정주한다. 더 이상의 모험은 없고 잘 아는 한도 안에서는 달인이 되므로, 지나친 자부심에 휩싸인 채로 자신의 느낌을 취향이라는 이데올로기로 과시하기도 하며, 직관과 직감을 불완전한 것으로 치부하기도 한다.

4

뼈저린 죄책감을 경험한 후에 인간은 진화된다

감 정 의 태 초 들

공포

털 달린 짐승들은 두렵고 낯선 대상을 만나면 털을 곤추세운다. 그것은 반감에 대한 노골적인 표현 같아서, 공격 성향으로 비쳐지기 쉽다. 그러나 공격자에게 두려워한다는 사실을 들키면 공격당하게 될 수도 있으므로, 그렇게 털을 곤추세워 자기 몸을 부풀린다. 공격자로부터 자신을 방어하고자 하는 수비 성향인 셈이다. 그것은 그러므로 공포에 대한 반응이다. 우리는 가장 공포스러운 순간 앞에서 모골이 송연해지는 걸 느낄 수 있다. 공포의 감정은 '얼른 피해라!' 라는 명령을 포괄한다. 이 명령을 즉각적으로 이행하는 한 우리는 위험을 모면할 수 있다. 이렇게 육체가 함께 반응하는 공포는 우리에게 경계심을 갖도록 하고, 경계심을 통해서 위험에 빠지지 않

도록 우리를 보호해주는 선한 감정

이다.

죄책감

죄책감은 한 집단의 질서를 관장한다. 가장 인간적인 호소를 하며 집단의 질서를 창출한다. 규칙이나 약속을 어기거나 기대에 부응하지 못할 때에 우리의 죄책감은 찾아온다. 작가는 좋은 작품을 쓰지 못할 때에 죄책감을 느끼며, 도둑은 훔치려고 한 물건을 훔쳐내지 못하고 주저할 때 죄책감을 느낀다. 『죄와 벌』의 라스콜리니코프가 전당포 노파를 살해하지 못했다면 아마도 더 깊은 죄책감에 빠졌을 것이다. 창밖에 퍼붓던 장마에 '이 비로 세상이 잠겼으면' 하는 과대망상에 잠긴 적이 있는 사람이라면, 그리고 나자 정말로 방방곡곡에서 홍수가 일어나 수재민들의 비참함이 뉴스에 보도된다면 꺼림직한 죄책감이 스멀스멀 올라올 것이다. 아무 일도 일어나지 않는 한가한 어느 시간에, 눈물과 한숨을 동반한 죄책감이 불쑥 찾아올 때도 있다. 아이였을 때에는 괜스레 부모에 대해 죄책감이 들곤 하며, 어른이 된 이후에는 인간이라는 그 사실에 죄책감이 들곤 한다. 이것은 나 아닌 모든 것들에 대하여 고마움보다 미안함이 더 커질 때에 생기는 일차적인 감정인데, 적어도 덜 미안해하기 위하여 우리는 모종의 노력을 기울인 삶을 살아가게 된다. 뼈저린 죄책감을 경험한 후에 인간은 진화된다. 아이였을 때 사랑하던 강아지가 죽었던 경험으로 생명에 대한 애착을 깨달으며, 어른이 된 후에는 부모와 사별한 후에 죄책감을 뼈저리게 느끼고는 비로소 진짜 어른이 된다.

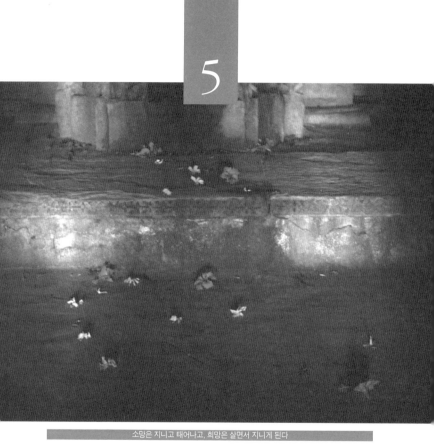

5

소망은 지니고 태어나고, 희망은 살면서 지니게 된다

작 은 차 이 가 빚 는

전 혀 다 른

결 론

중요하다 :
소중하다

소중한 존재는 그 자체가 궁극이지만, 중요한 존재는 궁극에 도달하기 위한 방편이다. 돈은 전혀 소중하지 않은 채 가장 중요한 자리에 놓여 있다. 너무 중요한 나머지 소중하다는 착각을 일으키게 한다. 어느샌가 소중했던 당신이 중요한 당신으로 변해가고 있다. 조금씩 덜 소중해지면서 아주 많이 중요해지고 있다. 반드시 필요하기 때문에 중요한 존재가 아니라, 소중하기 때문에 필요한 존재가 되고 싶은 게 당신과 나의 소망이었다. 이 세상 애인들은 서로에게 소중하지만 아직은 중요하지 않다. 그렇기 때문에 소중함이 사라지고 나면 자신의 의지와는 상관없이 버려질지도 모른다는 불안이 있다. 이 세상 부부들은 서로를 중요하게 생각하지만 이미 소중하게 여기는 마음은 어디론가 숨어들고 있다. 중요한 사람으로서의 자기 역할을 제대로 수행하려는 의욕이 있는 한, 버려지지는 않을 것이라는 각자의 믿음만이 고개를 내민다. 각자의 자기 역할에 대한 믿음을 서로의 존재에 대한 신뢰라고 착각하면서 관계가 유지된다. 우리는 중요한 것들의 하중 때문에 소중한 것들을 잃는 경우가 많다. 중요한 약속과 소중한 약속 사이에서 끊임없이 갈등하며 중요한 약속에 몸을 기울이고 만다.

행복 :
기쁨

행복은 스며들지만, 기쁨은 달려든다. 행복은 자잘한 알갱이들로 차곡차곡 채워진 상태이지만, 기쁨은 커다란 알갱이들로 후두둑 채워진 상태다. 기쁨은 전염성이 강하지만, 행복은 전염되기 힘들다. 남의 기쁨에는 쉽게 동조되지만, 남의 행복에는 그렇지가 않다. 약간의 질투와 약간의 모호성. 그것이 장애가 되기 때문이다. 남에게서 전염된 기쁨은 그러나 오래가지도 않고 자기 것이 되지도 않는다. 금세 잊는다. 그렇지만, 남에게서 전염된 행복은 오래가기도 하거니와 자기 것이 된다. 그만큼 느리고 꼼꼼하게 진행되는 것이기 때문이다. 내가 스스로 얻은 기쁨과 행복도 마찬가지다. 언제나 그렇지만, 빠르고 간단한 것들은 느리고 꼼꼼한 것만 못하다.

소망 : 희망

소망은 지니고 태어나고, 희망은 살면서 지니게 된다. 소망도 희망도 우리의 힘만으론 이루기 어렵다. 희망은 행운이 필요하고 소망은 신의 가호가 필요하다. 때로 소망은 조금씩 옷을 젖게 하는 가랑비처럼 소리 없이 우리 곁에 와 있곤 한다. 그렇기 때문에 소망은 이루어냈다는 자각이 크지 못하다. 다만, 다른 소망을 품고 있는 자기 자신을 발견했을 때 예전의 소망이 벌써 이루어져 있음을 알아챈다. 그에 비하면, 희망은 이루어졌을 때의 자각이 분명할 뿐더러 희열을 가져오기도 한다. 희열이 가라앉은 후, 내내 품어왔던 희망을 이루고 난 후, 이제는 어떤 희망으로 살아가야 할지를 모른다. 희망은 그래서 독한 허무를 자식처럼 품고 우리에게 오는 것이다.

평안하다 : 편안하다

우리는 편안함을 좋아한다. 편안한 사람, 편안한 공간, 편안한 시간……. 편안하다는 것은 편리하고 안전하다는 뜻이다. 모든 것이 손끝에 있고 모든 것이 입안의 혀와 같다. 그리하여 어떤 욕구도 없이 이완되어 있다. 평안하다는 것은 평화롭고 안정적이란 뜻이다. 평화도 안정도 태풍의 핵처럼 정지되어 있으나, 그것을 누리기 위해서는 그만한 긴장감이 필요하다. 그것을 이미 알고 있기에 우리 몸은, 평안한 상태에서는 조금의 의욕을 남겨놓고 적당한 긴장감을 유지할 줄 안다. 조금의 의욕과 적당한 긴장감을 유지한 평안함은, 스스로가 속해 있는 관계와 장소, 시간 따위를 잘 영위하기 위해 보이지 않는 노력을 기울인다. 하지만, 어떤 욕구도 없이 이

완된 편안함은 스스로가 속해 있는 관계와 공간과 시간 등을 돌보지 않는다. 조용한 시골로 가족이 여행을 떠났을 때에 모두가 평안을 느끼는 반면, 집에서 느끼던 나의 편안함에 누군가의 수발이 전제될 때가 많은 것처럼. 나의 편안함은 누군가의 불편함을 대가로 치르지만, 나의 평안함은 누군가와 함께 누리는 공동의 가치가 될 수 있다.

처참하다 :
처절하다 :
처연하다

처참함은 너덜너덜해진 남루함이며, 처절함은 더 이상 갈 데가 없는 괴로움이며, 처연함은 그 두 가지를 받아들이고 승인했을 때의 상태다. 처참함은 차마 눈뜨고 볼 수 없는 정황이라면, 처절함은 차마 손댈 수 없는 정황이며, 처연함은 눈뜨고 볼 수도 있고, 손을 댈 수도 있지만, 눈길도 손길도 효력이 없으리란 걸 알고 있는 상태다. 처참함은 입맛을 잃어 물조차 삼킬 수 없는 지경이라면, 처절함은 밥솥을 옆구리에 끼고 전투적으로 숟가락질을 하게 만드는 지경이며, 처연함은 한 그릇 밥 앞에서 닭똥 같은 눈물을 흘리게 하는 경지이다. 누군가가 우리를 처참하게 했을 때, 우리는 행동할 게 없어지고 말이 쌓인다. 하지만, 누군가 우리를 처절하게 했을 때, 우리는 말이 없어지고 대신 처신할 것만 오롯이 남는다. 그 누구 때문에 우리가 처연해진다면, 그때는 말도 필요 없고 행동도 필요치 않은 상황이다. 처참함 때문에 우리는 죽고 싶지만, 처절함 때문에 우리는 이 악물고 살고 싶어진다. 처연함은 삶과 죽음이 오버랩되어서 죽음처럼 살고, 삶처럼 죽게 한다.

정성 : 성의

정성에는 의도가 없지만 성의에는 의도가 있다. 정성은 저절로 우러나오는 지극함이지만, 성의는 예를 갖추기 위한 노력의 결과다. 그래서 정성은 '담겨 있다'고 말해지고 성의는 '표시한다'고 말해진다. 정성 어린 선물은 하는 사람도 받는 사람도 판단하지 않는다. 그냥 주고받는다. 선물이라는 물건 자체보다 애정을 선물하는 것이다. 성의가 담긴 선물은 판단하게 만든다. 성의를 봐서라도 받는 사람이 무언가를 하게 하는, 보이지 않는 요구가 있다. 정성은 내키지 않으면 결코 구현할 수 없는 것이고, 성의는 내키지 않아도 얼마든지 구현할 수가 있다.

동정 : 연민

동정은 행동으로 표출되고 연민은 마음으로 표출된다. 동정보다는 연민 때문에 우리는 더 마음이 아프고 마음이 묶인다. 마음이 묶여버려서 연민은 도움이 되지 못하는 경우가 많다. 동정하는 사람은 타자를 통해 내 자신은 그것을 이미 갖고 있거나 필요로 하지 않는다는 자긍심을 느낀다면, 연민하는 사람은 타자를 통해 내 자신도 그것을 필요로 하고 있다는 결핍감을 느낀다. 요컨대 동정은 이질감을 은연중에 과시한다면 연민은 동질감을 사무치게 형상화한다. 물에 빠진 사람을 동정한다면 우리는 119 구조대를 부를 테지만, 물에 빠진 사람을 연민한다면 우리는 팔을 뻗어 손을 내밀 수밖에 없을 것이다. 사랑하는 사람을 향한 지독한 동정은 오직 사랑 때문에, 사랑의 내용을 망치는 쪽으로 나아간다면, 사랑하는 사람을 향한 지독한 연민은 사랑의 형식을 망가뜨릴지라도 내용은 채우려는 쪽으로 나아간다.

은은하다 :
은근하다

은은한 것들은 향기가 있고, 은근한 것들은 힘이 있다. 은은함에는 아련함이 있고, 은근함에는 아둔함이 있다. 은은한 것들이 지닌 아련함은 그 과정을 음미하게 하며, 은근한 것들이 지닌 아둔함은 그 결론을 신뢰하게 한다. 은은한 사람은 과정을 아름답게 엮어가며, 은근한 사람은 결론을 아름답게 맺는다.

축하 : 축복

축하하기는 쉬워도 축복하기는 어렵다. 축하는 마음 없이 객관화된 폭죽 터트리기를 하고, 축복은 마음을 다해 주관화된 폭죽 터트리기를 한다. 축하가 얻은 것에 대한 박수라면, 축복은 얻을 것에 대한 위로이기도 하다. 축하는 이미 벌어진 일을 놓고 행해지고, 축복은 지나온 것과 앞으로 벌어질 것까지 포함하기 때문이다. 또한, 축하는 축하받는 사람과 축하하는 사람의 자의식이 각각 독립적으로 존재한다면, 축복은 받는 사람과 하는 사람이 포개진 자리에 존재한다. 또한 축하는 좋은 일에만 표출되고, 축복은 좋은 일이든 좋지 않은 일이든, 어느 때라도 우러나온다.

유쾌 :
상쾌 :
경쾌 :
통쾌

유쾌한 사람은 농담을 적절하게 잘 활용하며, 상쾌한 사람은 농담에 웃어줄 줄 알며, 경쾌한 사람은 농담을 멋지게 받아칠 줄 알며, 통쾌한 사람은 농담의 수위를 높일 줄 안다. 고민스럽고 복잡한 국면에서, 유쾌한 사람은 상황을 간단하게 요약할 줄 알며, 상쾌한 사람은 고민의 핵심을 알며, 경쾌한 사람은 고민을 휘발시킬 줄 알며, 통쾌한 사람은 고민을 역전시킬 줄 안다. 유쾌함에는 복잡함을 줄인 흔적이, 상쾌함에는 불순물을 줄인 흔적이, 경쾌함에는 무게를 줄인 흔적이, 통쾌함에는 앙금을 없앤 흔적이 남아 있다. 우리는 좋은 사람을 만났을 때 유쾌해지고, 좋은 공간에 놓였을 때 상쾌해지며, 좋은 컨디션일 때 경쾌해지고, 지리한 장마처럼 오래 묵은 골칫거리들이 빠르고 정확하게 해결될 때 통쾌해진다. 나쁜 사람의 불행을 구경하며 우리는 유쾌하거나 상쾌하거나 경쾌해질 수는 없지만 통쾌해지기도 하는 걸 보면, 통쾌하다는 것의 쾌감이 위험한 수위에서 찰랑대는 감정임에는 틀림없다.

6

슬픔은 모든 눈물의 속옷과도 같다

눈   물,

우 리 의   가 장

나 종   지 니 인   것

가까운 사람에게 "당신은 어떨 때 눈물을 흘리느냐?"라는 질문을 던져본다면 하나같이 다른 대답을 한다는 걸 알게 될 것이다. 여자의 눈물보다 남자의 눈물이 더 다양한 상황과 관련되었다는 것 또한 알게 될 것이다.

그럼에도 우리는 상대방의 눈물을 바라보면서, 자기의 방식대로 받아들이고 해석한다. 눈물처럼 다양한 의미를 담고 있는 것도 드물고, 그러므로 오해의 여지가 많으며, 눈물처럼 '연민'이라는 일관된 정서를 상대방에게서 이끌어내는 경우 또한 드물다. 만약 우리가 누군가가 흘리는 눈물에 화를 내본 경험이 있다면, 연민의 정에 대한 거부감 때문일 것이다. 그것은 마치 칠판에 백묵이 잘못 지나갈 때 나는 소리처럼 신경질적인 고음으로 처리되어, 강한 거부감을 일으킨다.

스스로에 대한 지나친 연민이 눈물로 구현되는 것을 구경하는 불편함, 눈물을 흘리는 사람 앞에서 (연민하고 싶지 않음에도 불구하고) 생기는 연민에 대한 거부감. 눈물 앞에서 무감할 수 있다면 물론 그것은 감정의 간격이 긴장감을 잃게 할 만큼 멀기 때문에 그렇겠지만.

그건 그렇고, 우리는 어떨 때 눈

물을 흘리나. 눈물을 흘리는 당신에

게서 우리는 무엇을 읽어야 하나.

슬프다 : 구슬프다, 애닯다, 비애, 애잔하다, 서럽다, 섭섭하다, 서운하다…

> 모란이 지고 말면 그뿐, 내 한 해는 다 가고 말아
>
> 삼백 예순 날 하냥 섭섭해 우웁네다
>
> ─김영랑, 「모란이 피기까지는」부분

  슬픔은 모든 눈물의 속옷과도 같다. 무슨 연유로 울든 간에, 그 가장 안쪽에는 속옷과도 같은 슬픔이 배어 있다. 감격적인 순간에도 참회의 순간에도 환희의 순간에도, 우리는 알지 못할 슬픔에 둘러싸여서 눈물을 흘린다. 그럴 때의 슬픔은 정황에 대한 격리 때문에 찾아온다. 사랑하는 사람과의 격리, 세상에 대한 소외, 자신의 생을 입체적으로 감지할 수 있게 하는 소격 효과가 일어날 때……. 우리는 겹겹이 껴입은 옷들을 벗고 속옷 차림으로 세상에 놓이게 된다. 그러나 반드시 격리 때문만으론 슬픔을 느끼지 않는다. '격리'의 정반대 상황인 '합일'이 함께 작용되어야만 한다. 정황에 대한 격리와 더불어서, 격리된 정황에 합일될 때에 슬픔은 온전히 가능해진다. 사랑하는 사람을 떠나보내야 하는, 격리의 정황 앞에서 우리는 슬픔을 경험한다. 우리가 이별 때문에 슬픔을 겪는다고는 하지만, 이별이라는 현상 때문만이 아니라, 이별이라는 정황을 받

아들이면서, 그 정황과 합일되었을 때에 가없이 슬퍼지는 것이다. 이별 앞에서도 슬프지 않다면, 그 정황에 대해서조차 격리되어 있다는 뜻이다. 그러므로 아직 슬프지 않다. 그래서 슬픔은 무방비 상태에서는 느낄 수가 없다. 주위를 둘러보게 되었을 때에 슬픔은 깨달음처럼 찾아온다.

연민 : 가엾다, 동정심, 불쌍하다, 애처롭다, 딱하다…

한 여자 돌 속에 묻혀 있었네

그 여자 사랑에 나도 돌 속에 들어갔네

어느 여름 비 많이 오고

그 여자 울면서 돌 속에서 떠나갔네

떠나가는 그 여자 해와 달이 끌어주었네

남해 금산 푸른 하늘가에 나 혼자 있네

남해 금산 푸른 바닷물 속에 나 혼자 잠기네

―이성복, 「남해 금산」

슬픔은 정황에 대한 격리 때문에 생기지만, 연민은 대상에 대한 합일에서 생긴다. 슬픔은 정황에 대한 격리를 기꺼이 받아들여서 그 격리된 정황에 감정적으로 합일되었을 때에 생기지만, 연민의 진행 방향은 그 반대다. 연민은 대상에 대한 합일과 몰입이 진행된 후, 연민하는 대상과 자기 자신을 한꺼번에 이 세상에서 격리시킴으로써 생긴다. 격리가 정신을 명료하게 한다면, 합일은 정신을 혼미하게 한다. 그러니까, 슬픔 때문에 눈물을 흘리는 경우는 격리된 상황에 대한 명료한 깨달음에서 시작하여, 그 상황에 합일되면서 점점 몽환적이게 된다. 연민 때문에 눈물을 흘릴 때에는 합일된 감정 때문에 몽환적이었다가, 이 세계와 격리되어가면서 점점 명료한 감정으로 변해간다. 그런 까닭에 슬픔은 눈물에 가속이 붙지만, 연민은 그렇지 않다. 물론 독한 자기 연민과의 조우 때문에 눈물을 흘리는 경우도 많다. 그때에는 슬픔과 연민이 백 년 만에 재회하는 연인처럼 서로 꼭 껴안은 채 떨어지려 하질 않는다. 슬픔과 연민이 자기들끼리 지나치게 포옹해 있는 순간부터 슬픔과 연민의 주인이자 대상인 나 스스로는 소외되어버리기 때문에, 그 소외가 못내 아쉬워서 더더욱 눈물이 난다. 그때에는 울어버림으로써, 눈물로써 그 접착을 떼어낼 수가 있다.

분노 : 노여움, 역정, 원망, 원통, 분개, 치욕, 화, 성, 골…

> 모래야 나는 얼마큼 적으냐
>
> 바람아 먼지야 풀아 나는 얼마큼 적으냐
>
> 정말 얼마큼 적으냐……
>
> ─김수영, 「어느 날 고궁을 나오면서」 부분

낯섦에 대한 용서할 수 없음, 실망스러움에 대한 인정할 수 없음, 비겁함에 대한 치떨림, 거절당함에 대한 납득할 수 없음, 부당함에 대한 조건반사……. 우리는 우리 안에 존재하는 정답 이외의 것이 너무나 엉뚱하고 실망스러울 때에 분노를 느끼고 치욕스러워한다. 특히 정의롭지 못함에 대한 분노는 역사를 바꾸는 힘이 될 때도 있다. '장부루丈夫淚'라는 남자의 눈물을 가리키는 말이 있는데, 이것은 절의와 정의 때문에 흘리는 눈물을 표현한 것이다. 표정을 바라보고 흘리는 눈물이 슬픔과 연민이라면, 표정이 아닌 태도 때문에 흘리는 눈물은 분노와 감격이다. 분노는 그만큼 근원을 본다. 용서할 수 없고 인정할 수 없고 납득할 수도 없는 상황에 대하여 치가 떨리고 노여운 것은, 상황 자체보다는 그 배후에 도사린 잘못된 태도를 보았기 때문이다. 그릇됨을 응축하고 있는 자세. 그것을 볼 줄 알 때에 우리는 분노하며 운다.

감격 : 감동, 감화, 감개무량, 환희…

휘파람을 불며 가자 내일의 청춘아

— 강사랑 작사 · 박시춘 작곡, 「감격시대」 부분

    감격이란, 세상 모든 것들은 저만치에 있고, 오직 자기 자신과 대상과의 관계에만 몰입할 때에 더 강하게 찾아오는 감정이다. 스포츠는 신기록과 우승이라는 대상이 눈앞에 있으며, 종교는 신이라는 궁극적인 존재가 머리맡에 있다. 그토록 가깝지만 손에 쉽게 닿지는 않는다는 것에 우리는 이토록 감격스러워한다. 이처럼 대상과 나 이외의 것들은 안중에 없는 상태가 바로 청춘이다. 언제나 젊고 패기만만하며 자신이 젊다는 것에 한하여는 믿음이 굳건하고, 젊은 혈기와 젊음의 순수함은 매순간을 신기록을 세우듯 살아간다. 또한 매순간을 신의 뜨거운 입김 아래에서 살아간다. 그러니 감격스러울 일도 많고 눈물을 흘릴 일도 많다. 늘 무언가를 궁리하고 노력하여 그 결실을 거두고 싶은 사람이라면, 나이가 어찌 됐든 청춘으로 살고 있는 사람이다. 그런 사람을 관전하는 일로도 감동을 만끽할 수 있다. 우리는 알게 모르게 우리의 깜냥에 대한 마지노선을 정해놓고 그 안에서만 바둥댄다. 겸손한 사람은 자신의 마지노선을 더 낮게 정해놓고 물이 아래로 흐르듯 한없이 아래를 돌보며 헌신하며 살아가고, 진취적인 사람은 자신의 마지노선을 더 높게 설정해놓고 그것을 훌쩍 뛰어넘어 높은 곳의 열매를 딴다. 마지노선을 한없이 낮추거나 한없이 높이는 사람을 관전하는 일은, 내가 어느 쪽으로도 나의 마지노선을 옮기지 못하는 쩨쩨함과 근근함에 환기를 준다. 그 환기가 크면 클수록 감동적이며 눈물겹다. 한데 우리는 일상의 자잘한 감동을 알아채고 손에 꼭 쥘 줄 안다. 그럴 때의 따뜻함도 눈물겹다. 그때만큼은 우리도 대상에 몰입했고 생 앞에서 겸허했다.

우리는 '눈물'이 흐를 만한 상황을 두고 "복받친다, 심장이 아리고 저린다, 가슴이 뭉클하다, 마음이 벅차다, 목이 메인다"는 식으로 표현한다. 슬픔 때문에 흘리는 눈물이든, 연민 때문에 흘리는 눈물이든, 분노나 감격 때문에 흘리는 눈물이든, 공포 때문에 흘리는 눈물이든, 눈물은 긴장감으로부터의 해방감을 가져다준다. 실컷 울고 나면 우리 몸은 중력을 줄인 것처럼 가벼워진다. 어쩔 때는 그것이 지나쳐서 물 위에 뜬 스티로폼처럼 내 몸이 텅 빈 것 같아진다.

우리가 흔히 '악어의 눈물' 이라고 말하는 위선의 눈물도 있다. 사회에 물의를 일으킨 자들이 매스컴에서 보이는 눈물은 악어의 눈물이다. 잘못을 저지른 자들은 가장 공식적인 상황에서, 자기 구제책으로서의 눈물을 흘린다. 평범한 사람도 타인 앞에서 이런 유의 가짜 눈물을 구사할 때가 있다. 연민에 호소하여 대상의 분노를 완충시키기 위해 수단과 방법을 가릴 여유가 없을 때에, 악어의 눈물은 꽤나 요긴하다. 반면에, 가장 진실된 눈물은 혼자 있을 때에 흘리게 된다. 참을성 많던 육체가 눈물을 오랜 시간 동안 차곡차곡 쟁여놓는다. 그리곤 진실된 눈물을 흘릴, 혼자만의 공간을 찾아가서 목놓아 울곤 한다. 〈애정만세〉(차이밍량의 영화 제목)의 마지막 장면처럼.

갓난아이들은 오직 울음을 통해서 의사 전달을 한다. 울음의 미묘한 차이를 통해서 엄마는 아이가 아픈 것인지, 불편한 것인지, 무서워하는 것인지, 배고픈 것인지를 안다. 갓난아이들은 감격과 연민 때문에는 울지 않는다. 성장한 인간만이 감격과 연민을 안다. 그만큼 감격과 연민은 오랜 경험이 직립되었을 때에 가능하다. 우리나라 가곡 「가고파」에 "그 눈물 없던 때를 찾아가자"라는 노랫말이 있다. 맑고 순수했던 어린 시절을 '눈물 없던 때'라고 표현했다. 어린 시절은 사람의 일생에서 가장 눈물을 많이 흘린 때다. 작은 일에도 쉽게 울고 쉽게 잊는다. 그 노래에서 말하는 "눈물 없던 때"란 '잘 울 수 있었던 때'가 아니었을까. 잘 울었으니까, 세수를 하듯 마음을 정갈하게 정화할 수 있었을 것이고, 그런 까닭으로 그 시절을 그리워하는 노래도 있는 것이 아닐까.

'눈물의 시인'이라는 별명을 가진 김현승은 눈물을 "나의 가장 나종 지니인 것"이라고 노래했다. 기쁨이나 행복은 꽃처럼 피었다가 이내 사라지는 것이라면, 마치 꽃 진 자리의 열매처럼 가장 나중에 남는 것은 눈물이라고 노래했다. 웃음보다는 눈물이라는 안식처가 보다 안정적인 것은 눈물이 나중에 오기 때문이기도 하고, 눈물이 갖는 들뜨지 않고 차분하게 내려앉는 삶의 자세 때문에도 그렇다.

　　더욱 값진 것으로
　　드리라 하올 제,

나의 가장 나종 지니인 것도 오직 이뿐!

아름다운 나무의 꽃이 시듦을 보시고
열매를 맺게 하신 당신은,

나의 웃음을 만드신 후에
새로이 나의 눈물을 지어 주시다.

一 김현승, 「눈물」 부분

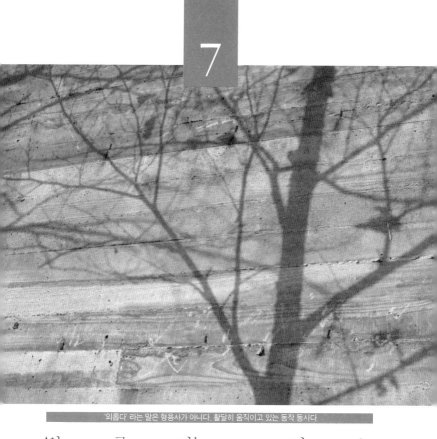

'외롭다' 라는 말은 형용사가 아니다. 활달히 움직이고 있는 동작 동사다

'외　　롭　　다'　　　　라　　　는

말　　　　　　　　　　　　　의

언　　　　저　　　리　　　　들

외롭다

'외롭다'라는 말은 형용사가 아니다. 활달히 움직이고 있는 동작동사다. 텅 비어버린 마음의 상태를 못 견디겠을 때에 사람들은 '외롭다'라는 낱말을 찾는다. 그리고 그것을 발화한다. 그 말에는 외로움을 어찌하지 못해 이미 움직여대는 어떤 에너지가 담겨 있다. 그 에너지가 외로운 상태를 동작동사로 바꿔놓는다.

쓸쓸하다

'외롭다'라는 말에 비하면, '쓸쓸함'은 마음의 안쪽보다는 마음 밖의 정경에 더 치우쳐 있다. 정확하게는, 마음과 마음 밖 정경의 관계에 대한 반응이다. 외로움은 주변을 응시한다면, 쓸쓸함은 주변을 둘러본다. 마음을 둘러싼 정경을 둘러보고는, 그 낮은 온도에 영향을 받아서 마음의 온도가 내려가는 게 바로 '쓸쓸함'이다.

권태

'외로움'과 '쓸쓸함'의 끝자락에
는 능동적인 움직임이 이어질 수 있
지만, 권태는 그렇지 않다. 고독에
게 파먹히고 있으면서도 파먹히는
제 살을, 대안 없이 게으르게 바라
볼 때가 '권태'의 상태다. 아무것도
진단하지 않고 아무것도 하려고 하
지 않는다는 점 때문에, 권태는 늘
만만한 상태에서 지속되고 발전된
다. 권태가 할 수 있는 가장 큰일은
천장을 응시하며 벽지의 연속된 무
늬를 하나하나 세는 것이다. 외로움
이나 쓸쓸함에는 있는 통증조차 권
태에는 없다. 괴로운 상황이 괴롭지
않게 여겨진다는 그 점 때문에 권태
는 조금 더 위험하다. 외로움은 약
없이도 회복되지만 (정확히 말하자
면, 회복되지 않더라도 약 없이 살
아지지만), 권태로울 때는 최소한,

외로움이란 외투로 갈아입어야 마음을 회복할 기미를 찾을 수 있게 된다.

심심하다

이것은 가장 천진한 상태의 외로움이다. 어린아이들은 외롭고 쓸쓸하고 권태롭고 허전하고 공허한 상태를 '심심하다'라고 받아들인다. 만약, 어린아이가 '외롭다'라는 말을 잘 깨닫고 발화한다면, 이미 어린아이가 아니다. 입이 심심할 때에 먹을거리를 찾듯이, 마음이 심심할 때에 사람들은 무언가를 찾는다. 음악을 듣든 산책을 나가든 친구를 만나든, 그것이 어떤 것이든 무언가를 한다. 무언가를 하게 하는 힘 때문에 '심심하다'라는 말은 이미 어떤 것을 향해 손짓을 하고 있다. 심심한 마음이 부르는 손짓을 보고 이리로 온 것들 중에는 '창작 혹은 발명' 같은 것이 포함되어 있다.

무료하다

심심함과 외로움 사이에 무료함이 존재한다. 심심함에서 무료함으로, 무료함에서 외로움으로 진행되기 쉽다는 의미에서가 아니라, 심심함은 무언가를 향해 손짓하고 있지만 무료함은 아무것에도 아직 손짓하지 않는다는 점 때문에. 외로움은 못 견디겠는 어떤 활달한 에너지를 내재하고 있지만, 무료함은 에너지조차 없는 상태라는 점 때문에. 무료함이 아무것에도 손짓하지 않는 것은, 어떤 것을 향해 손짓하는 방법을 이미 잃어버린 상태이기 때문이며, 방법을 잃어버린 그 자리에 아직 다른 에너지(이를테면, 외로움이 내재하고 있는 활달한 에너지 같은 것)가 대치되지 않은 상태이기 때문이다. 그러므로 무료함은 무언가를 빈입으로 우물거리며 되새김질한다.

허전하다

상실감 같은 것. 무엇인가 있다가 없어진 상태. 혹은 있기를 바라는 그것이 부재하는 것. 그래서 허전함에는 무언가를 놓아버려 축 처진 팔이, 팔 끝엔 잡았던 느낌을 오롯이 기억하고 있는 손이 달려 있다.

공허하다

허전함이 무언가를 잡았던 느낌을 기억하고 있는 손이라면, 공허함은 무언가를 잡으려고 애써보았던 손이다. 더 나아가 그 손을 물끄러미 바라보는 '후회' 같은 것이다. 휘둘렀던 무수한 손들이, 그 에너지들이, 공허함의 배후에 후광처럼 있다. 애쓴 흔적이 썰물처럼 쫘, 하고 빠져나가면서 무늬를 남겨놓았기 때문이다. 그렇게 무언가를 애써 잡아보려고 마음을 크게 먹었던 모든 손아귀에는 공허함이 묻어 있다. 허탕이 되었든, 무언가 잡히긴 했으나 바라던 것은 아니었든, 원하던 걸 잡긴 잡았는데 꼭 쥔 손을 펴보았을 때에 그것이 초라해 보였든, 잡아챈 그것이 원하고 원하던 바로 그것이든, 그 모든 손 안에 공허함은 존재한다. 공허함은 휘둘러보았던 마음의 손, 그 손이 무슨 짓을 하든 간에 매복해 있다. 그런 점 때문에 공허함은 허전함보다는 훨씬 절대적이며, 훨씬 철학적으로 빈곤한 상태에 도달해 있다.

적막하다

'외로움'의 농도가 가장 짙은 상태. 적막함은 상대적이지 않고 절대적이다. '허전함'이 잡았던 것을 놓친 손이라면, '공허함'이 휘둘렀던 손의 무상함을 응시하는 마음이라면, '적막함'은 손을 잘라 떼어낸 '몸'이다. 모든 순간, 모든 사물들이 감옥처럼 늘 에워싼다. 그것도 좁은 반경을 그리지 않고, 멀찌감치에서, 황량할 정도의 거리를 두고서. 죽음처럼 싸늘한 온도를 지녔지만, '적막'은 온도를 순치馴致하기 위하여 순간순간을 뜨개질한다. 걷는 걸음걸음으로써, 혹은 들이쉬고 내쉬는 한숨 같은 호흡으로써. 그럼으로써 영속된다. 찔레꽃 공주처럼 손을 찔리면서, 피를 낭자하게 흘리면서. 그렇지만 그 아픔과 고통은 인지되지 않는다. 시간과 공간의 폐

허를 뜨개질하는 숭고한 의식을 치

르고 있기에.

결핍

'공허'와 반대 극점에 있다. 공허와 결핍은 '채워지지 않았다'라는 결론은 같지만, 그 과정이 다르다. 공허는 의미 있게 생각한 것들이 움킨 손 사이로 자꾸만 빠져나가는 모래와 같은 상태라면, 결핍은 우리도 모르는 사이에 그 의미를 자꾸 흘리곤 하는 철 지난 외투의 구멍 난 주머니와 같다.

허기

무언가 다른 것을 원하는 상태. '결핍'은 끝끝내 아무것도 소화하지 못하고 체하지만, '허기'는 모든 것을 너무 잘 소화한다. 밑 빠진 독처럼. 눈앞에 던져진 먹이 앞에서, 바로 이거였어, 라고 고개를 끄덕이며 먹어치우고 너무 빨리 소화를 끝내버렸거나, 다 먹은 후에 이것은 아니었어, 라고 슬프게 고개를 가로 젓는다. 그래서 더 달라고 한다. 그러므로 결핍은 결핍된 우리를 집어삼키진 않지만, 허기는 허기를 느끼는 우리를 충분히 집어삼킨다. 왕성한 소화력. 끝나지 않는 식사. 결핍감은 껌이라도 씹으며 순간을 모면할 수 있되, 허기는 고기를 씹는 그 순간에도 포만감이 없다. 허기는 마음의 에너지가 마이너스적 과잉 상태에 도달해 있으며, 영원히 채워지지 않는다는 사실에 도달해 있다.

그런 의미에서 허기는 그 무엇보다

궁극적이다.

평화

진정으로 평화로운 순간은 그리 길지 않다. 평화는 태풍의 눈이고, 안전지대다. 그 주변은 에워싸며 휘몰아치는 태풍으로 중무장되어 있다. 겨우 쪼그리고 들어앉을 수 있는 마음의 공간. 내가 '평화롭다'고 느낄 때에 그것은 긴장감 없는 상태 중에서 가장 정화된 상태를 칭하는 것이지만, 나를 '평화롭게' 하기 위하여 나를 둘러싼 우주는 막강한 에너지를 소모한다. 평화는 제 스스로 그 상황을 평화롭게 지속하기 위해서 초긴장의 상태를 견지하기 때문에, 이내 소진되고 만다. 그러므로 작디작은 자극에도 평화는 순식간에 산산조각 난다. 그리고 휘발된다. 평화의 영속이란 있을 수 없다. 평화는 그 이후 줄곧, '나태'로 변질되거나, '쓸쓸함'으로 변화된다.

고인 물이 썩듯이, 평화도 썩고야 만다. '외로움'을 분절시키거나 가시화시키지 않고, 가지런히 돌볼 때 평화가 쉬이 찾아오지만, 그것은 활달한 외로움보다 진실되지 않은, 싸늘히 식은 시체처럼, 부패를 진행시키기 직전의 '잠깐의 안식'일 따름이다.

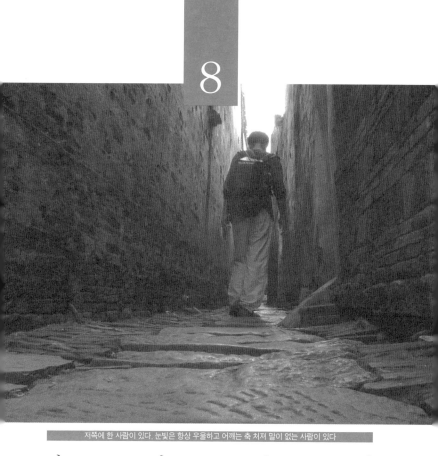

8

저쪽에 한 사람이 있다. 눈빛은 항상 우울하고 어깨는 축 처져 말이 없는 사람이 있다

다　　가　　갈　　까,

기　　다　　릴　　까,

지　　켜　　볼　　까

관계에 대해 눈을 뜨기 이전, 아주아주 어렸을 적에는, 주저 없이 누군가에게 다가갔던 기억이 있다. 좋으면 그냥 다가갔다. 아주 어린 날의 일이다. 산책 길에 만난 반가운 강아지라든가, 만져보고 싶은 물건을 향해서 주저 없었다. 손을 미리 쭈욱 뻗고 입을 벌려 웃으며 다가갔다. 사람에게도 마찬가지였다. 그럴 때, 어떤 거부를 당했더라도 그 상처가 깊지 않는지, 상처에 관해선 기억조차 없다. 기대하고 설레고 그래서 마음먹고 다가간 것이 아니기 때문일 것이다. 그러므로 실망도 없었을 테고, 실망이 있었을지라도 짧았을 것이다. 다가갈 또 다른 것들이 세상에는 봄날의 꽃들처럼 만발했을 시절이었으므로.

언젠가부턴 다가가지 않고 기다리게 됐다. 내가 실망을 하게 될까 봐 다가가지 못했던 건 아니다. 다가가기엔 수줍음이 너무 컸다. 다만 수줍기 때문에 어찌할 줄을 몰랐다. 마냥 기다리면서, 하염없이 해가 뜨고 별이 지는 풍경들 아래에서 그 풍경을 고스란히 앓았다. 기다리고 있어서 초조하거나 힘이 들거나 하진 않았다. 기다린다는 그 자체에 대해서 그냥 그대로 실컷 앓았다. 이렇게 간절히 기다리고 있다는 사실을 누군가가 눈치챌까 봐 오히려 걱정했다. 들키는 게 두려워서가 아니라, 들킨다는 게 더 쑥스러웠기에 그랬다. 소녀 시절은 그렇게 보냈다.

열정이 무엇인지, 정념이 무엇인지를 처음 알게 된 때에, 그러니까 관계에 대해 눈을 처음 뜨게 된 그때에는, 언제나 '다가갈까, 기다릴까'를 고민하게 됐다. 고민에 빠져서 내가 무엇을 향해 다가가려고 하는지마저 잠깐씩 잊을 정도였다. 그때는 고민이라는 말보다는 어쩌면 계산이라는 말이 더 맞을 것이다. 관계에 대해, 꼭 원하던 것을 얻고 싶기에, 조심스러워서 하던 갈등이었기 때문이다. 기다리기만 하다가는 꼭 잃을 것만 같아서 다가갔고, 다가갔다가는 꼭 상처를 입을 것만 같아서 기다렸다. 서성이느라 모든 날들이 피곤했다. 불 켜진 그 집 창문을 바라보거나, 텅 빈 그네에 앉아서 고민에 빠지거나, 우연을 가장하기 위해 꼭 만날 것만 같은 길목에서 불철주야 서성였다. 그 와중에서 행복에 빠지기도 했고 불행에 빠지기도 했다. 행복이거나 불행이거나 간에, 그 어디든 빠져서 허우적대던 시절이었다.

이제는 다가갈까 기다릴까를 더 이상 고민하지 않고, 그냥 지켜보게 됐다. 이것은 살아온 날들이 만든 현명한 태도이지만은 않다. 정념의 불꽃을 다스렸다는 절제 또한 아니다. 소중한 것들이 내 품에 들어왔던 기억, 그 기억에 대해 좋은 추억만을 갖고 있진 않기에, 거리를 두고 지켜볼 수밖에 없는, 일종의 비애인 셈이다. 나를 충족시키는 경우보다 결핍 그대로가 더 나은 경우를 경험해보았다. 그것은 나만을 생각했던 시절들을 지나와서 관계 자체를 배려하게 됐다는 뜻도 있지만, 그 배려에는 쓰디쓴 상처의 흔적들이 배어 있다. 지켜보고 있음이 꽤 오랫동안 변치 않는 은은한 기쁨을 선사해줄 거라는 패배 비슷한 믿음도 또한 있다. 그러므로 바라던 것이 나에게 도래하지 않아도 잘 살 수 있게 되었다. 바라던 것들이 줄 허망함을 더 이상 겪고 싶지 않은 '외면'이란 감정의 부축을 받으며.

저쪽에 한 사람이 있다. 어떻게 살아왔는지, 어떤 상처를 껴안고 그 상처를 밤마다 핥고 있는지, 눈빛은 항상 우울하고 어깨는 축 처져 말이 없는 사람이 있다. 어쩌다 우연히 마주 보고 앉아도, 어깨를 나란히 하고 걷고 있어도 고개를 떨구거나 먼 곳을 본다. 그럴 때에 무슨 말을 건네고 싶지만, 말은 안으로 삼킨다. 아주 약간 입술을 움직여 미소 정도만 띠어 본다. 그러다가 헤어질 무렵, 부러 씩씩하게 인사를 나누고 씨익 웃는다. 아무 쓸모없지만, 쓸모없음이 은은히 쌓여가서 희미한 달빛 하나쯤은 만들게 될지도 모르는 일이다. 눈부시고 환하던 모든 불빛들이 명멸하다 잦아지고 난 후에, 그 희미하던 나의 달빛이 유일한 빛이 되어주는 밤이 올지도 모르는 일이다. 그럴 때 나의 달빛에 온몸이 젖는 듯한 느낌이 그에겐 들 것이다. 오지 않을지도 모를 그때를 위해서 혹은 오지 않아도 상관은 없기에, 마음에 들어온 사람을 이토록 지켜만 본다. 이 사업은 많이 적적한 일이지만, 이 적적함의 속살에는 견딜 만한 통증을 수반하는 훈훈함이 있다.

9

손댈 재간이 없는 대상을 향해 에둘러 포복해 가고 있는 구애

'호 감'에 대하여

존경

존경은 표현하지 않아도 된다. 취하고 있는 자세만으로 충분히 표출되기 때문이다. 내가 동경하던 그것을 이미 갖고 있는 존재 앞에서 생기는 감정이란 점 때문에, 질투와 존경은 동기가 같지만, '자세' 하나로 전혀 다른 길을 간다. 존경은 이미 겸허히 흔들고 있는 백기이며, 적어도 한 수 아래임을 여실히 깨닫고 엎드리는 의식儀式과도 같다. 빛에 비춰보면 그 백기에는 복사가 불가능하도록 장치된 지폐의 밑그림처럼 '영원한 노스탤지어'가 새겨져 있다. 감히 엄두조차 나지 않는 선망. 그래서 감정 바깥에 다소곳이 앉아 있다. 그만큼 깨끗하고 단정하다.

동경

존경과 유사한 상태이지만, 존경에는 있는 것들이 부재한다. 존경은 이성적인 이유들을 각주처럼 거느린다면, 동경은 각주가 없다. 근거라는 것이 언제나 막연하고 미약하다. 그렇기 때문에, 존경이 다른 곳으로 쉽게 이동하지 않는 반면, 동경은 쉽게 이동한다. 단, 막막한 거리감이 늘 확보된다면 끝없이 붙박여 있을 수도 있다. 동경에는 또한, 존경보다는 좀 더 복합적인 욕망이, 그리고 흠모보다는 좀 더 나른한 욕망이 개입되어 있다.

흠모와
열광

'존경'에 '동경'과 '매혹'이 재빠르게 섞여들 때가 '흠모'다. 존경에 열정이 화학작용을 일으킬 때는 '열광'이다. 흠모는 열광보다 느리며 대상과의 거리도 멀다. 느리고 멀기 때문에 동경과 비슷하지만, 흠모가 앓고 있는 상태라면, 동경은 그렇지가 않다. 동경과 흠모는 언제나 도로교통법처럼, 대상과 안전거리를 확보하고 진행된다. 그에 비하면 열광은 위험하다. 질주를 해야 하므로, 여러 차선을 넘나들며 앞지르기를 한다. 향후, 호감보다 질주에의 환희를 더 즐기게 되는 것도 열광의 위험한 요소다.

옹호

'존경'이 저절로 생긴 마음가짐 이라면, '옹호'는 일종의 다짐이다. 대상을 부분이 아니라 통째로 껴안 는다. 대상의 미흡한 부분에 대한, 적극적인 이해나 무조건적인 덮음 같은 것을 전제하고 있다. 그러기 위해서 다짐이 불가피해지는 것이 다. 미흡함을 몰라서가 아니라, 미 흡함을 끌어안는 자세. 그렇기 때 문에 거칠고 난폭하며 편협하지만, 그 편견의 자리에 기꺼이 서 있겠 다는 각오인 셈이다. 신뢰가 간혹 배신이라는 종착점으로 나아간다 면, 옹호는 그렇지가 않다. 신뢰를 상실하는 순간에조차 어떤 식으로 든 논리를 뒤져내어 훼손된 마음을 정화시킨다. 어떤 경우, 갖은 훼손 에도 불구하고 대외적으로 신뢰를 과시하는 과감함 같은 것도 진정한

옹호는 행하고야 만다.

좋아하다

호감에 대한 일차적인 정서이면서도, 정확하게 분화하지 않은('분화되지 않은'이 아닌) 상태를 뭉뚱그릴 때 쓰기 좋은 말이다. '좋아한다'는 고백은 어쩌면, 내가 느끼고 있는 이 호감이 어떤 형태인지 알기 싫다는 뜻이 포함되어 있을지 모른다. 사랑이라는 말을 쓰기가 꺼려질 때에 흔히 쓰며, 존경에도 흠모에도, 신뢰에도 매혹에도 귀속시키기 미흡한 지점에서 우리가 쓰는 말이 바로 '좋아한다'는 표현이다. 어쩌면 더 지나봐야 알 수 있겠다는 마음 상태이거나, 이미 헤치고 지나온 것에 대해 온정을 표하는 예의 바른 말이거나, 적극적으로 판단 짓기에는 미온적인 상태이거나, 더 강하고 자세한 호감의 어휘를 비껴가기 위한 방법적 거절이거나……. '좋아한다'는 말은, 이런저런 것들의 사이사이에 존재하는 버려진 영역에서 싹을 틔우는 호감들을 아우르는 말임은 분명하다.

반하다

'반하다' 라는 말 앞에는 '홀딱' 이란 수식어가 적격이다. '홀림'의 발단 단계. 그 어떤 호감들에 비해, 그만큼 순도 백 퍼센트 감정에만 의존된('의존한'이 아니라) 선택인 셈이다. 순식간에 이루어지지만, 그리 쉽게 끝나지는 않는다. 어차피 아무런 판단을 동원하지 않고 행한 호감의 의식이므로. 벼락처럼, 자연재해처럼 한순간에 완결되는 감정이지만, 수습은 쉬운 일이 아니다.

매혹되다

'홀림'이 근거를 찾아 나선 상태. '반한다'는 것이 근거를 아직 찾지 못해 불안정한 것이라면, '매혹'은 근거들의 수집이 충분히 진행된 상태다. 풍부하게 제시되는 근거 때문에 매혹된 자는 뿌듯하고 안정적이다. 그러므로 매혹은 즐길 만한 것, 떠벌리고 싶은 것이 된다. 게다가 중독된 상태와 비슷해서, 종료되는 순간은 쉽게 오지 않는다. 실망의 언저리를 맴돌다가도 어느새 다시 감정은 복원된다. 매혹되어 있어서 자신이 망가지는 느낌이 들거나 매혹으로 인해 포만감을 느껴본 이후라면, 홀연히 매혹의 올가미로부터 자유로워질 수도 있다. 그럴 땐 매혹에의 경험이, 가슴에서 반짝이는 자랑스런 금색 훈장과도 같다.

아끼다

사랑의 명백한 한 형태. 부모가 자식에게 행하듯, 아끼는 대상을 아낌없이 아끼기 위하여 스스로를 아낌없이 희생하는 경우가 아낌에 있어서 '최선의 병적'인 상태다. 오래도록 두고두고 음미하기 위하여 발효의 시간을 기다리는 차분한 설렘도 아낌에 속한다. 그렇지만, 언제 어디서고 쓸모 있는 사람이 되고 싶은 것이 우리들의 욕망이고 보면, '아낀다'라는 말은 일종의 모독일 수도 있다. 쓰여지지 않고 간직된다는 것은 끌러보지 않은 선물 꾸러미 같고, 읽혀지지 않은 책과도 같다. 불필요한 존재라는 것을 반증하는 말일 수도 있고, 도무지 효용성을 찾을 길이 없다는 낭패감을 은유하는 말일 수도 있다. 그럼에도 애틋하게 에워싸는 보호막과도 같은 호감. 손쓸 방법이 없고, 손댈 재간이 없는 대상을 향해 에둘러 포복해 가고 있는 구애. 흠모나 동경처럼 '거리'가 확보되어 있지만, 이 경우의 거리는 무수한 주름이 잡힌 채 접혀 있어서, 심적 거리는 실제보다 훨씬 가깝다.

매력

착하고 순하고 정직한 사람에게 우리는 결코 '매력 있다'는 표현을 쓰지 않는다. 그럴 경우 '미덥다'는 표현을 더 쓰게 된다. 한 존재가 가진 결핍과 과잉. 모자라거나 지나친 성향들. 그것에 대하여 부정하지 않고 오히려 적극적으로 환호할 때, 이 낱말은 제법 용이하게 쓰이곤 한다. 누군가의 모자란 점과 지나친 점을 곱게 보아줄 때, 매력은 날개를 펼친다. 매력 있는 존재만을 좇는 사람은 자신이 매력 있어 하는 대상과의 관계에 대해 늘 불만족스럽다. 게을러서 아름다운 사람은 관계에도 게으르며, 섬세해서 아름다운 사람은 상대방의 섬세하지 못함을 이따금 책망한다. 그렇기 때문에 매력 덩어리들은 언제나 상대방을 허하게 하거나 피곤하게 한다. 그렇

지 않을 때도 있긴 있다. 결핍을 결
핍으로 똑바로 인식하고, 과잉을 과
잉으로 똑바로 인지하는 때. 그때란
대개 관계의 내리막길을 걸어내려
갈 때다. 간혹, 매력 때문에 생겨난
호감의 양 날개를 뚝뚝 분지르며 걸
어내려 가기도 한다.

보은

닳고 해진 관계에만 자리 잡는 호감이다. 주거니 받거니, 아웅다웅하면서 살아가다가, 홀연히 깨달음처럼 다가오는 웅숭깊은 곳. 오래 입은 스웨터의 팔꿈치가 해질 때와 같이, 오래 들고 다닌 가죽 가방의 손잡이가 꺼슬꺼슬해질 때와 같이, 그렇게 보은은 찾아온다. 호감의 한 표현으로서의 보은은, 반드시 은혜에 대한 대가로 찾아오진 않는다. 안쓰러움과 미안함과 연민의 미세한 알갱이들이, 낡은 스웨터의 보풀처럼 매달려 있을 때, 그 낡음에 대하여 무릎이 꿇어지는 지점이 있다. 경건함. 그리고 가슴 아픔. 그런 것들을 거느리고 언제나 뒤늦게 참회의 밥상을 들고 찾아오는 것이다.

신뢰

흠모와 보은처럼 느리게 찾아온다. 흠모보다는 좀 더 느리며, 보은보다는 좀 더 빠르다. 또한, 흠모보다는 안정된 상태이지만, 보은보다는 불안정한 상태다. '실망'이라는 거추장스러운 마음 상태를 몇 번 거치며 거듭날수록, 불에 달궈진 연장처럼 단단해진다. 대개의 다른 호감들이 추상적이고 희미한 상태에서 진행되어 초점이 잡히고 구체적이게 되는 과정을 거친다면, 신뢰는 그것을 역행한다. 구체적인 이유들이 점철된 후에야 비로소 막연하고 추상적인 신뢰를 낳는다. 그 순서를 밟는 한, 신뢰는 최적의 강도를 갖게 되고 알맞은 온도와 거리를 찾아 뿌리를 내린다.

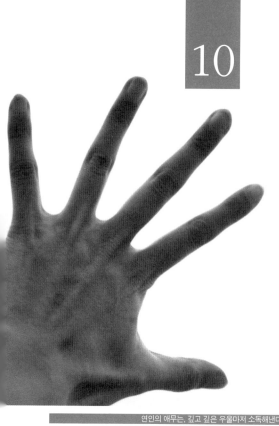

10

연인의 애무는, 깊고 깊은 우울마저 소독해낸다

심 장 에

문 신 을 새 기 다

손

손만이 할 수 있는 가장 어여쁜 역할은 누군가를 어루만지는 것이다. 그 촉감 앞에서 우리는 어떤 공포로부터, 어떤 설움으로부터, 어떤 아픔으로부터 진정되곤 한다. 동물원에서 목격하는 가장 평화로운 풍경 중 하나는, 따사로운 양지에 원숭이들이 일렬로 앉아 서로의 털을 손질하며 기생충을 잡아주는 모습이다. 우리의 손길은 그렇게 마음의 기생충을 잡아주며 위무한다. 기생충을 박멸하려는 듯한 연인의 격렬한 애무는, 깊고 깊은 우울마저 소독해낸다. 그럴 때는 추모객이 끊이지 않는 비석처럼, 감정의 모서리가 반들반들 윤이 나며, 탁본을 뜨듯 비문이 심장에 새겨진다. 위무의 손길과 애무의 손길을 무심히 가로지르는 듯한 마사지 요법도, 주물럭주

물럭 빚어내는 밀가루 반죽과 나물들을 빚는 손맛도, 뻣뻣해지고 간사해지는 우리의 육체에 단비를 내리곤 한다.

목소리

어떤 목소리는 물러서게 하고, 어떤 목소리는 다가서게 한다. 어떤 특별한 목소리는 우리의 귀를 포박한다. 또 어떤 특별한 목소리는 우리의 영혼까지 포박한다. 그 어떤 훌륭한 악기도 그 특별한 목소리만 못하다. 목소리에는 달콤함과 쓰디씀과 시원함과 저릿함과 애절함과 다정함과 굳셈과 갈증과 설득력과 단호함과 슬픔과 기쁨과 무서움과 비통과 환희가 담겨 있다. 우리가 동원할 수 있는 모든 종류의 애착과 교감이 거기엔 있다. 그래서 속기도 쉽고 속이기도 간단하다. 그래서 목소리는, 그 사람의 참됨을 알아내는 데 있어서는 철천지원수와 같다.

뒷모습

뒷모습은 절대 가장할 수 없다. 정면은 아름답다는 감탄을 이끌어내지만, 뒷모습은 아름답다는 한숨을 이끌어낸다. 누군가의 뒷모습은, 돌아선 이후를 오래도록 지켜보았을 때에만 각인되기 때문에, 어쩔 도리 없이 아련하다. 발길이 떨어지지 않아서, 바라볼 수밖에 없어서 바라보는 뒷모습이기에, 눈꺼풀 안쪽에다 우리는 그 형상을 찍어서 넣어둔다. 그래서 꺼내지지 않는다. 버리고 싶어도 버려지지 않는다.

체취

우리가 지닌 오감 중에서 유일하게 채록되지 않는 냄새. 채록할 수는 더더욱 없고 표현할 수도 없는 당신의 체취. 채록하자마자 사라지고야 마는 체취. 그럼에도 불구하고 이것을 채록하려 한 자는 그 체취를 평생토록 감각할 수 있다. 엄마의 분 냄새와 아빠의 스킨 냄새를 어른이 되어서도 기억해낼 수 있는 것처럼, 누군가와 뺨을 비비고 껴안고 잠들어본 자만이, 누군가 몸을 빼내고 떠나간 후 빈 베개에 코를 부벼본 자만이 체취의 사무침에 갇힌다.

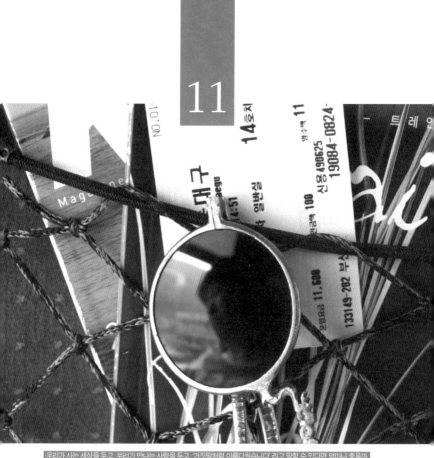

11

우리가 사는 세상을 두고, 우리가 만나는 사람을 두고 '거짓말처럼 아름다웠습니다' 라고 말할 수 있다면 얼마나 좋을까

말 ≦ 거 짓 말

말, 나 자신을 위하여

마음에서 무언가 사라지길 원해서 우리는 말을 하는 걸까. 아니면, 무언가 정말 잘 기억하기 위해서 말을 해두는 걸까. 아니면, 누군가의 마음을 얻기 위해서 말을 건네는 걸까. 무언가 사라지길 원해서 하는 말은 '발산'이고, 잘 기억하기 위해서 하는 말은 '언약'이며, 마음을 얻기 위해 하는 말은 '애걸'이다.

발산이라는 것은 억압의 뚜껑을 열어젖히는 그 순간, 기체처럼 무언가를 날려 보내는 느낌을 가장 중요하게 여긴다. 자의식이라는 억압이, 우리의 갖은 욕망을 압력밥솥의 뚜껑처럼 꽁꽁 닫아주지만, 그 압력이 봄날의 겨울 코트처럼 어깨를 무겁게 짓누르는 느낌이 들 때가 있다. 그럴 때에 우리는 코트를 벗어던져야 하는 때임을 저절로 안다. 미숙한 발산의 기술은 때로 코트뿐만 아니라 제 살갗마저 벗어던지게 하는데, 그럴 때에는 기체를 휘발시키는 동시에 마음의 출혈을 경험하고야 만다. 그러니까 발산은, 방출이냐 출혈이냐에 따라서 우리 마음이 가벼워지게 하거나, 되레 더 무거워지게 한다. 더구나 발산에 대한 기술 부족에서 발생된 나쁜 경험들 때문에, 발산을 위험한 것으로 여기기도 한다.

자기 자신을 위한 '말'은 분노를 방출하려 할 때에 가장 유용하다. 무엇보다 이럴 때는 기술이 필요하다. 방출이 아니라 분출일 경우에는 그 대가가 고스란히 자신에게 돌아오기에, 더더욱 기술이 필요하다. 방출이 정상적인 출구를 사용하는 내보내기라면, 분출은 예정되지 않은 곳에서 함부로 터져 나오는 내보내기다. 우리의 마음과 육체는 일종의 '심술'이 프로그래밍되어 있어서, 지나친 억제를 받으면, 불쾌한 출구를 통해 그것을 발산하고자 하는 괴팍함이 있다. 그런 식의 분출은 밸브가 고장 난 순환파이프 같아서, 화상과도 같은 고통과 지독한 혼란을 불러일으키게 마련이다. 이것은 거의 '재난'에 가까운 결과를 낳기도 한다. 준비된 출구를 통해서, 알맞은 압력이 쌓였을 때에 이뤄지는 내보내기는, 기분 전환을 제대로 만끽하게 해주며, 그것은 우리가 그토록 바라던 '정화'를 결과물로 선사해준다.

거짓말, 당신을 위하여

　노을은 우리의 눈이 착시해낸 가짜에 불과하다. 이 사실을 처음 아는 어린 시절에는 잠시나마 세상의 아름다움에 뼛속 깊이 허망함을 느낀다. 그러나 우리의 눈이 그러한 착시를 만들어내는 능력까지 겸비했다는 사실을 신비롭게 받아들이는 순간부터, 허망함을 철회하고 다시 아름다운 시선으로 노을을 바라볼 수 있게 된다. 대개 우리의 간절한 소망들은 결국, 거짓말의 그릇에 담긴 간절한 진실과 같다.

　우리는 늘 이 세계가 두렵고 무섭다. 생각보다 더 어리석고, 생각보다 더 추하며, 짐작처럼 순수하지도 않고, 짐작처럼 신비하지도 않다. 이 세계뿐이랴. 생각보다 더 추하고 순수하지 못한 자기 자신에게 느끼는 두려움과 무서움은 더 크다. 그러므로 실망과 공포를 완화시켜주는 장치가 필요하다. 실망과 공포에 익숙해지기 위해서, 우리는 여러 가지 방법을 고안해냈다. 불행에 빠지지 않을 수위로 자신의 기억들을 재편집한다거나, 적절한 때에 다가와주는 망각에 의존한다거나, 미리 의심하고 미리 이별하고 미리 포기하기도 한다. 혹은 상상함으로써 현실 너머로 건너가기조차 한다. 이 모든 행위들은 사실과는 도무지 거리가 먼 거짓말의 일부인 셈이다.

거짓말 중에서도 가장 확실한 거짓말은 바로 '이야기' 다. 무엇보다 이야기는 거짓으로 충만되어온 우리 인생을 담보로 하기 때문에, 이야기는 철저하게 거짓말로 중무장되기 마련이다. 그것을 '상상력' 이라 칭송하고, 그것을 통하여 우리는 진통제를 삼키듯 이 세계를 잠시 잊고 다른 세계를 음미한다. 이 세계의 신랄한 모습을 그대로 반영한다고 믿어지는 작품일수록 더 거짓말을 얹어간다. 그럼으로써 이야기는, 순수함을 보장받으며 우리들의 누추한 삶에 숭고한 봉헌을 한다.

거짓말을 가장 확실하게 실천하는 관계는 가족과 연인이다. '사랑' 이라고 하는 매개체를 통하여 굳게 맺어진 이 관계는, 사랑한다고 믿는 사람을 향하여, 사랑한다고 말한 대가를 치르기 위해 가장 많은 약속을 하면서 영위되고 있다. 약속은 범람하면 할수록 지켜질 수가 없다. 그래서 약속을 꼭 지키겠다는 약속마저 하게 된다. 약속은 사랑하는 관계 속에서 일종의 '노을' 이고, 그 약속을 마치 다 지켜줄 사람으로 착시하는 것이 바로 '사랑'인 셈이다. 그 착시를 통하여 관계는 강인하게 매수되고 단련된다.

거짓말이 누군가를 속이기 위한 행위라기보다는, 이토록 허망한 인생에 바쳐지는 봉헌 행위로 보여서 눈물겹고 고마울 때가 더러 있다. 더 거짓말에 속고 싶고 배부르고 싶어진다. 더 이상 속여주지 않는 사람들 속에서, 더 이상 속아지지 않는 내 자신으로 살아가는 일은 비애 그 자체다. 아이들이 읽는 동화책 속에는 '거짓말처럼 날이 개었습니다.' '거짓말처럼 씻은 듯이 다 나았습니다'라는 표현이 많이 나온다. 우리는 가장 좋은 순간을 믿기 어려워하고, 그렇기에 그 순간에 '거짓말처럼'이라는 수식어를 앞장세운다. 우리가 사는 세상을 두고, 우리가 만나는 사람을 두고 '거짓말처럼 아름다웠습니다'라고 말할 수 있다면 얼마나 좋을까.

속아지진 않지만 속고 싶다는 생각도 우리는 한다. 좀 제대로 속여보라고 말하고 싶다가도, 속을 줄 아는 자세를 더 이상 갖출 수 없는 스스로를 책망하기도 한다. 마치 마술 쇼처럼. 관객을 속이는 재미로 행해지는, 관객은 기꺼이 속아주는 재미를 톡톡히 보는 그 세계가 우리의 일상에서도 구현되기를 바라는 것은, 이 세상에 어설픈 마술사가 너무도 많기 때문이다. 속임수는 보이지 않게, 오랜 연습 끝에 노련하게, 눈 깜짝할 사이에 보란듯이 속일 줄 아는 마술사를 우리는 그리워한다.

12

위로란 언제나 자기한테 그렇게 해주길 바라는 형태대로 나오는 것이다

유 대 감 들

심장의 벌레에 대해 옷장의 나방에 대해

찬장의 거미줄에 대해 터지는 복장에 대해

나한테 침도 피도 튀기지 말라

인생의 어깃장에 대해 저미는 애간장에 대해

빠개질 것 같은 머리에 대해 치사함에 대해

웃겼고, 웃기고, 웃길 꼴골에 대해

차라리 강에 가서 말하라

당신이 직접

강에 가서 말하란 말이다

강가에서는 우리

눈도 마주치지 말자.

—황인숙, 「강」 부분

엄살

엄살하는 자는 엄살의 힘으로 산다. 엄살을 안으로만 삼켜온 자는 엄살하는 자의 엄살의 의미를 제대로 해석하지 못한다. 엄살하지 않는 자의 귀는 타인의 엄살 앞에서 언제나 오작동 번역기계가 된다. 엄살에 불과한 그것을, 지나치게 안쓰러워한다. 그래서 엄살을 간과하질 못한다. 왜냐하면 그는 정말로 '나 좀 어떻게 해주라' 말하고 싶을 때에만 엄살해왔기 때문이다. 무거운 것을 들어 올리며 무의식중에 내뱉곤 하는 '으차!' 하는 기합과도 같은 그 엄살을, 오랜 숙고 끝에 내미는 구조의 요청으로 해석해버리는 습성이 있는 것이다. 그래서 엄살하지 못하는 자들은 자기 앞에서 부디, 사람들이 엄살하지 말았으면 좋겠다고 생각한다. 한숨도 신음도 푸념도 넋두리도, 이 악물고 견뎌주었으면 좋겠다고 생각한다. 그 모든 걸 모으고 모아서 어느 한 날에, 대성통곡을 하는 진풍경을 관음하고 싶다고 생각한다. 습관이 된 푸념 말고 진짜 푸념이 귀에 들린다면, 오감을 모아서 그 소리를 들어줄 거라고 생각한다. 그러나 사실은 엄살을 잘하는 자가 언제나 부럽다. 엄살도 기술이 있어서, 가뿐하게 들어주며 토닥거려줄 찬스를 잘 포착하여야 한다. 그러한 찬스를 적절히 활용하여 유대의 국면을 점입가경으로 만들어가는 그자가 부럽기만 하다. 엄살하지 못하는 자가 "있잖어……" 하고 운을 뗄 때마다 상대방은 "아프다 그러려고 그러지, 내가 더 아퍼" 하고 그 입을 막곤 해왔다. 그래서 그는 입을 다물어야만 했다. 그

신음들이 새어 나오는 입을 틀어막
으며, 자신의 불운함을 '참을성'이
라고 거짓 해석을 해왔다. 한 번도
제대로 내비쳐본 적 없는 그 엄살이
독처럼 몸에 가득할 때, 누군가의
엄살을 들어주는 척하며, 자신을 포
함한 두 사람을 함께 위로한다. (그
래서 동분서주, 위로의 달인으로 바
쁜 나날을 보내곤 하지만, 언제나
'겨우 그런 일로 너는 엄살을 떠는
거니' 싶은 울분이 남을 뿐이다.)
스스로를 위한 독자적인 위로의 타
이밍은 언제고 없다. 늘 그렇게 옵
션처럼 누군가의 엄살에 대한 위로
의 타이밍에 더부살이를 한다. 평생
을, 그렇게. 상대의 얘기를 들어주
는 척하면서 그 틈을 타서 운다. 누
군가가 자기에게 그렇게 해주길 바
라왔던 것들을 엄살 잘하는 그자 앞

에서 다 해준다. 위로란 언제나 자기한테 그렇게 해주길 바라는 형태대로 나오는 것이다.

걱정

걱정은 유대의 힘을 엄청나게 발휘한다. 같은 고민거리를 지닌 자들은 머리를 맞대고 도원결의한다. 해결책이 나오면 안 된다. 영원히 보류되는 해결책 아래에서 그 유대가 지속되기 때문이다. 해결책은 언제나 모두가 동의할 수 없는 것들이어서, 먹히지 않는 해결책을 일찌감치 제시해버린 자들은 이 원탁토의 놀이에서 배제된다. 대한민국의 모든 주부들이 대동단결하여 바쁜 것은, 자녀 교육과 시댁 이야기와 저녁 반찬 걱정을 공유하고 있기 때문이다. 이 걱정은 속수무책이고 대안이 없고 영원히 지속된다.

공감

공감은 다른 사람들의 감정적 영향에 우리를 열어둠으로써, 그들에게 설득당할 목적을 세워둔다. 그리고 나에게 설득당할 누군가를 예정해둔다. '공감'이 유발하는 설득은, 이성적인 설득보다 훨씬 더 직접적이며, 한마디면 충분할 경우도 많다. "네가 옳아" 혹은 "그것도 좋은 방법이지" 같은 한마디를 듣고 싶어서, 우리는 길고 긴 하소연을 할 때가 많은 것이다. 무슨 말을 듣고 싶어하는지 알고 있어서 가능한 이 립서비스를, 우리는 공감으로 착각하기 일쑤다. 타인의 자아나 다른 자아가 여기에 존재하는 것이 아니라 나의 자아가 여기에 또 한 번 존재한다는 이 착각은, 너와 나를 '우리'라고 칭하기에 충분하다.

상처의
전시회

누군가 상처의 전시회를 개최하고 나면, 타인의 이미그레이션 게이트를 쉽게 드나들 수 있는 비자가 그에게 발급되곤 한다. 한 사내가 눈물 뚝뚝 흘리며 과거지사 중에서 상처의 베스트 몇 가지를 나열하고 나면, 콧대 높은 그 어떤 여자도 마음을 줄 정도로, 상처의 전시회는 대개 성황리에 끝마쳐진다.

비밀

비밀은, 사실은 부담스럽다. 비밀을 들어주려면, 감정이입보다는 감정투입을 해야 할 경우가 더 많기 때문이다. 비밀을 들어주는 사람으로 간택되었다고 우리는 기뻐할 수 있겠지만, 인간의 가치를 추구하던 길목에서 그가 나를 발견한 것이 아니라, 인간의 가치를 출현시키기 위해 애쓰던 길목에서 내가 우연히 발견된 것이다. 비밀은 우리를 따뜻하게 결속시켜주지만, 우리를 불안에 빠뜨리기도 한다. 비밀은 단열은 잘되고 방음은 잘되지 않는 여관방 같기 때문이다.

농담

농담은 무장을 풀게 한다. A부터 Z까지 자연스럽게 흘러 다니는 수다의 향연 속에서, 문득문득 발생하는 생각의 차이에 농담을 얹어 말할 줄 아는 자는, 유대감에 있어서는 최고의 실적을 올린다. 사람들은 흔히, 생각이 같아서 치는 맞장구에는 저절로 안도를 느끼지만, 생각의 차이 앞에서는 예민해지고 배타적이게 되므로, 그 차이를 멋진 농담으로 언급한다면, 차이가 발견될 때마다, 상대방은 흥미가 생기고 미리 기분이 좋아져서 귀를 쫑긋 세우게 된다. 차이 때문에 타자가 멀게 느껴지는 게 아니라 오히려 더 멋지게 보이는 느낌. 그럴 때 우리는, 의자에 등을 기대어 멀어지거나 기댔던 등을 세워 앞으로 당겨 앉는다. 꼭 그렇게 자세를 바꿔서 대화의 심적

거리에 환기를 두게 된다. 농담을 잘하는 사람은 대화를 하며 상대방을 그네에 태운다. 다가올 때마다 등을 힘껏 밀어 높이 띄워준다. 마주 앉은 자리보다 훨씬 높고 먼 곳으로 가게 한 다음, 더 크게 자신 쪽으로 오게 하기 위해서다.

경청

경청은 그 어떤 침묵보다 신중하고, 그 어떤 말보다 순정하다. 경청은 열중하며 인내하며 증류한다. (간혹 묵살을 예의 바르게 하기 위해서 경청하기도 한다.) 경청은 가장 열정적인 침묵이다. 누군가의 속 깊은 말 한마디에 빙그레 지어지는 미소, 이것은 경청에 대한 별미다. 붉은 것으로 가득한 식탁에 조리를 하지 않고 올리는 흰 두부와도 같다. 때로는 울음을 경청해야 하는 순간도 있다. 울음을 달래주는 데에는 동질감을 드러내는 것이 최상이지만, 그저 그것을 안으로 삼키며 경청은, 울음을 고스란히 덮어쓴다. 그러나 요란한 교류에 이미 익숙해져버린 우리는, 경청해준 그 사람을 발견하지 못할 때가 많다. 대꾸가 없다고 핀잔을 하기도 한다. 그것은 경청에 대한 오해다. 경청은 다리를 건너는 것과 같다. 건너고 나면, 그 어떤 유대의 표현들보다 훨씬 더 자애로운 힘을 지닌, 튼튼한 다리 하나가 너와 나의 뒤에 놓여 있다.

13

실수의 첫 발이 사랑을 점화시킨다

사 랑, 그 불 가 항 력 의

낭   비   에   대   한

보   고   서

사랑은 하나의 점이다. 선이나 면처럼 이어져 존재하지 않고, 찰나 속에서만 존재한다. 우리가 타인에게 '사랑한다' 고 고백하는 그 순간, 사랑은 휘발되고 없다. 그런 고백을 듣는 그 순간, 그 말을 해주는 사람의 깊고 수줍은 눈빛을 바라보다 보면, 그사이 눈 몇 번 깜박이다 보면, 사랑한다는 실체는 아득한 신화 속으로 연기처럼 사라져버린다. 사랑은 다만 가장 강력한 자장을 내뿜는 찰나일 뿐이다.

사랑의 시작을 여는 필수조건에는 '실수' 가 있다. 그 실수를 우리는 '운명' 이라고도 말하고, '필연' 이라고도 말하지만, 그것은 우연히 일어난 실수일 뿐이다. 실수의 첫 발이 사랑을 점화시킨다. 그 실수는 이후, 가장 특별한 것, 가장 현명한 것, 가장 필연적인 것으로 미화된다. 미화하는 힘 자체가 사랑의 힘인 셈이다.

사랑에 있어서 예의는 사랑의 장애물이 되거나 심지어 모독이 되기도 한다. 사랑은 결례의 와중에서만 완성된다. 의복이 하나의 예禮가 되어버린 우리의 풍습에서, 옷을 벗는 것이 거의 부끄럽지 않고 살이 닿는 것이 행복할 때가 사랑이라면, 결례의 속살 속에서 사랑은 반드시 진실을 드러낸다. 결례는 버겁고 피곤한 것이지만, 그 중압감이 황홀할 때가 사랑에 빠진 때다.

사랑에 빠진 사람은 매일 걷던 길도 생경하게 여기며 신선하게 느낀다. 그 생경함으로 짐짓 경건해지기조차 하는 것이다. 그 길에서 서성이던 무수한 자기 자신을 추억하며, 무미건조했던 예전의 자기 자신까지 생경하게 바라본다.

갓 사랑에 빠진 사람은 (남 얘기 듣는 걸 즐기지 않던 사람도) 흔히 "응? 응?" 하며 되묻고, (자세히, 완벽하게, 속속들이 이해하려고) 질문을 첨가하게 된다. (엉덩이가 무거운 사람도) 당신이 담배를 집어 들고 두리번거리면 성냥을 갖다주러 발딱 일어난다. 언제나 대기조처럼 부르면 달려가고 달려가면 반기게 되는 것도 갓 사랑에 빠진 사람에겐 강령에 속한다. 또한, 매일매일, 오늘은 당신이 유독 예뻐 보이는 (멋있어 보이는) 날이기 때문에, 천장에 매달린 모빌을 바라보는 갓난아이처럼 서로의 얼굴을 바라보게 된다.

"안녕?" 하고 만날 때는 환한 웃음과 함께 강인해지며, "안녕!" 하고 헤어질 때는 슬픈 눈물로 한심하게 나약해진다. 비록 그들의 사랑이, 표면에 행복을 가장한 피폐의 구도를 지녔을지라도, 갖가지 잡념의 잔가지들을 뚝뚝 분질러 내버리며, 굵고 튼튼한 한 가지만을 손에 쥐려고 척추를 곧추세운다. 그리곤 모든 상황 속에서 할 수 있는 가장 단순한 생각을 하며, 그 단순한 생각을 이내 실행에 옮긴다. 그러한 단순한 생각과 실행에 서로서로 더할 나위 없는 팀워크를 보이며, 그 팀워크 자체를 지상 최대의 목적으로 삼게 된다. 사랑에 빠진 두 연인은 언제나 서로의 생각과 행동이 신비하게 보이며, 또한 노련하게 보이며, 또한 담백하게 보이며, 또한 짙디짙게 여겨진다. 끈질기게 만나면서도, 만나는 방식은 정해져 있어서, 우리는 같이 해보지 않은 게 너무 많아, 라고 아쉬워하게 된다. 그리곤 서로가 당신을 사랑하기 위하여 지금껏 살아왔다는 사실을 깨닫게 되고 그 깨달음을 의심하지 않고 숭고하게 받아들인다.

그렇지만, 그 연애의 와중에 너를 사랑한다는 상황은 여전하지만, 너를 사랑하는 주체였던 나 자신은 전혀 딴 곳으로 휘발돼 가버리는 것을 때로 느끼게 되는데, 그때가 바로 사랑에 '빠진' 상태가 사랑을 '하는' 상태로 전이되는 때다. 그때에는 비로소 당신이 보고 싶지만, 보고 싶다는 간절함이나 꼭 봐야겠다는 긴박감 같은 것보다는, 그저 오래도록 앓아 온 폐병환자가 가슴 한 녘에 손바닥을 대고 콜록거리듯, 마음속에 흐르는 수맥에 손바닥을 대고 뿌듯해한다. 그때는 보고 싶지만, 만나지 않아도 일상을 돌볼 수 있는 능력을 되찾는다. 그때에 두 연인은 '신뢰' 라는 말을 서로 주고받게 된다. 상대를 신뢰하기도 하거니와 스스로에 대한 신뢰를 마음 가장 안쪽에 깊숙하고 힘 있게 받아들여 놓는 것이다.

　그리고, 그 지점에서 조금 옮겨왔을 때에 두 연인은 서로에 대하여, 둘 간의 관계에 대하여 '기도' 비슷한 것을 하게 된다. 스스로가 원래 있던 자리에서 잘 살기를, 원래 있던 자리와 사랑에 빠졌던 그 지점 사이의 어디쯤에서 서로를 지켜보며 서성이기를 기도하게 된다. 그때의 서성임은, 배회가 아닌, 피터팬의 어깨 위에서 팔랑대는 팅커벨의 날갯짓과 같다. 그리곤 서로에게, 가장 멋진 풍경을 보여주는 창문이라도 되어, 당신의 방 벽에 붙어 있고 싶어진다. 그러면서, 주홍글씨 내지는 노예 문신 같은 게 자기 몸 어딘가에 낙인처럼 찍혀 있단 느낌이 살짝 들기도 한다. 그 느낌에 대하여 쓸쓸하지만, 용감하게 수용하게 되며, 그러한 사실을 정면으로 응시하면서, 고달픔이나 안타까움보다는 명쾌함과 안락함 쪽으로 생각을 기울인다. 그렇게 고착이 이루어지는 것이다. 더 이상의 우왕좌왕은 없다. 이별의 순간까지는.

그리고 그 다음 단계에는 자신이 할 일에 방해받지 않기 위하여 연락을 두절할 '용기'가 생기기 시작한다. 그즈음에는 싸움도 빈번하게 일어나며, 여간한 자극으로는 상대의 연민과 위안과 달콤한 한마디를 얻어내기 어렵게 되어, 엄살을 떨기도 하고 우울을 가장하기도 한다. 할 일을 찾았으면 좋겠다고 푸념하기도 하며, 실컷 잠을 자고 싶다고 토로하기도 하며, 어딘가에서 한참 동안 숨어 있다 오고 싶다고도 하고, 어지러이 흐트러진 마음을 정돈하고 청소하고 싶다는 말을 비극적인 어투로 (그러나 의기소침한 마음으로) 내뱉기도 한다. 이럴 때는 상대가 달려와 위로해주더라도 마음이 크게 달라지지 않는다. 단지, 쪼르륵 달려와주는 당신이 재미있게 여겨질 뿐이다. 지금 당신이 내 옆에 있는데, 나는 왜 기분이 좋아지지 않는 거지, 따위의 허무하디허무한 말들을 난사하며, 조금씩 서로의 마음에 찰과상을 입히기 시작한다. 고통에 대해 무장해제를 하고 있는 서로를 향해서.

　물처럼 흘러온 이 욕망의 에너지는 부분적인 충족으로 조금씩 해갈되기도 하고, 탐욕에 가까웠던 그리움 따위는 아득한 추억으로 옷을 갈아입는다. 이때부터 사랑하는 대상은, 쓸쓸한 외연과 허기로 충만한 내포를 지닌, 사랑을 은유하는 '오브제'로 탈바꿈한다. 동질성의 발견으로 친화력을 발휘하며 한때 희희낙락하며 노닐던 자리에, 이질성의 발견으로 피로를 증폭시키는 남루한 현실이 도래한다. 여기까지가 '사랑'이며, 여기까지의 긴 (혹은 짧은) 여정 속에서, 누군가는 이 사이클 전부를 회전하며, 누군가는 공회전하며, 또 누군가는 요약적으로 건너뛰며 지나간다. 그러나 시작과 끝은 별반 다르지 않다.

자신의 욕망을 정신적으로 전환시키려는 노력, 즉 숭고한 어떤 논리에 아전인수하려는 노력 같은 것이, 때로 종교에 귀의하는 수도사처럼 정갈한 사랑의 행로를 가게 하기도 하지만, 그 행로도 무상한 시간 앞에서는, 책갈피 속 네잎클로버거나 포르말린에 담가둔 심장에 지나지 않는다. 언제나 사랑은 찰나 속에서만 존재하며, 그 찰나의 짜릿한 합일 이후는 길고 긴 이별을 변주하는 몸짓에 불과하다. 너무도 길고 긴 이별이지만, 그 과정이 인내할 만한 것은 (어쩌면 달콤하기까지 한 것은), 정든 사람의 '익숙한 손'과 '익숙한 체취'라는 향정신성 감각 때문이다. 이 지점에서 죽음처럼 밀려드는 피곤을 감내하지 않으면, 사랑의 묘약은 사랑의 독이 되며, 독이 번지는 영혼은 지옥을 온몸으로 형상화하기 시작한다.

　때로는 아주 귀하게, 사랑의 행로를 숭고하게 받아들여 고행을 각오하여, 고통에 따른 가장 알맞은 보상을 스스로에게 부여하며, 고결함과 순도를 얻고, 예전의 속도와는 전혀 다른 느림으로, 예전의 불균형과는 전혀 다른 균형으로, 천천히 천천히 성소로 입소하게 되는 경우도 있다.

14

'이해'란 가장 잘한 오해이고, '오해'란 가장 적나라한 이해다

동   전   의

양   면   과   도   같   은

마   음   들

기대

기대하는 마음은 기대하는 대상을 조금씩 갉아먹어 가면서 무너뜨리며 동시에 자신도 무너져 내리게 한다. 누군가를 향해, 혹은 자기 자신을 향해 품었던 기대가 실망의 대가를 치르지 않는 경우는 없다. 기대는 채워지면 더 커지고 도착하면 더 멀어지는 목표점이다. 기대하는 무엇은, 애초부터 먼 곳에 있다면야 손쉬운 포기도 가능할 터인데, 팔을 뻗으면 닿을 것만 같은 곳에서 깃발처럼 펄럭인다. 그렇지만 도착하고 나면 늘 거기에 없다. 한 걸음 더 뒤로 물러나서 다시 다가오라고 손짓한다. 늪처럼, 허우적거리면 거릴수록 더 깊이 빠져들게 한다.

진실

진실을 알기 위하여 사람들은 무덤을 판다. 진실을 캐기 위한 삽질이 결국은 제 무덤을 파는 것으로 이어진다. 진실은 언제나 너절하다. 그리고 궁색하다. 그것을 알고자, 혹은 알리고자 하는 순간부터 독이 번진다. 천천히 독이 번져나가는 동안 열심히 진실을 추구한다. 진실은 언제나 알고 나면 허망하고 허탈하다. 그것이 추한 것이면 넌더리가 나는 허탈감에 빠진다. 마치 아귀처럼 먹어대고 난 다음의 기분 나쁜 포만감처럼. 그렇지만, 그것이 아름답고 지극한 것일 때는 또 다른 형태의 허무가 있다. 공복의 쓰라림을 다 견디고 났을 때의 느낌처럼. 그렇지만 포만감도 공복의 맑은 정신도 오래가지는 않는다.

주시 注視

우리는 대상을 주시하며 사랑을 강화한다. 사랑받는 대상은 그 주시의 눈빛과 몸짓 때문에 처음에는 황홀하다. 그렇지만 일정 정도 진행된 후의 사랑에서, 주시만큼 거추장스럽고 피곤한 것은 없다. 사랑이 완전하게 소멸하고 난 후의 주시는, 끔찍한 올가미로 바뀐다. 처음부터 끝까지, 같은 방법으로 주시했던 것일지라도 마찬가지다. 처음부터 끝까지 같은 방법으로 주시해도 불평하지 않고 늘 아름다운 것은 '풍경' 밖에 없다. 나무와 강과 바다와 하늘 같은, 늘 같은 자리에서 소리 내어 반응하지 않는 존재들만이 주시를 견딘다.

고독의,
독한
커피와도
같은 힘

파리하고 근원 없는 고독은 언제나 사랑할 것들을 찾기 위해 자기를 가둔 감옥을 부수며, 근원적이고도 큰 고독은 언제나 혜안을 얻고 생을 통과한다.

질투는
혹시

시인 기형도는 「질투는 나의 힘」 이라는 시를 남겼다. 질투는 당신의 힘이다. 그리고 나 또한 그 힘으로 나를 거듭나게 한다. 또한 당신에게 괴력과도 같은 자기 과시의 힘이 질투에서 나온다. 인간은 혹시, 신에 대한 질투 때문에, 신앙이니 도道니 영혼이니 수양이니 하는 것들로 자신을 소진하고 있는지도 모른다.

배신의
개운함

배신은 신뢰의 가면을 탈각한다는 뜻이다. 그러므로 잘 자고 난 아침처럼 개운하다. 당장은 아니고 천천히, 그렇지만 믿음의 한가운데에 있을 때보다 더 완벽하게.

불안이

영혼을
잠식할지라도

불안한 마음은 언제나 무언가를 향해 손을 뻗게 된다. 어떤 것에 손을 뻗을지 아직 결정하지 못한 상태는 한없이 불안하지만, 무언가를 결국엔 손에 잡게끔 하는 힘이 있다. 불안하지 않은 사람은 갈등하지 않는다. 손 닿기 쉬운 것에만 손을 뻗을 뿐이다. 불안한 사람이 이따금 엉뚱한 것들에게 손을 뻗어 톡톡히 값을 치르고 엉망이 되기도 하지만, 그러한 과정들의 틈에서 자기를 둘러싼 반경 밖의 것들을 발견하기도 하며, 그것을 얻을 수 있는 용기(무모함에 가까울지도 모를)를 발휘하게 된다. 파스빈더는 "불안은 영혼을 잠식한다"고 말했지만, 영혼을 잠식당하면서도 가보고 싶은 곳이란, 사람에게는 있는 법이다. 영혼을 담보하여 큰 대가를 치를 때에만

얻을 수 있는 것들이 이 세상엔 있
다. 어쩌면 이 세상 바깥에 더 많을
지도 모른다.

살의

손끝에 모아지는 가장 강한 힘. 그러므로 손에 잡히는 것들을 던지고 부수고 깨뜨리는 힘. 멱살을 잡고 따귀를 올려붙이는 힘. 칼을 쥐고 총을 쥐는 힘. 당신을 향한 이 살의는, 나의 관자놀이에 총구를, 나의 뱃속 깊이 칼날을 들이밀기 위한, 절박한 어쩔 수 없는 대안이다. 이것은 절망의 고속도로에서, 가장 빠른 속도로 희망의 길로 돌아설 수 있는 방법이다.

이해

'이해'란 가장 잘한 오해이고, '오해'란 가장 적나라한 이해다. "너는 나를 이해하는구나"라는 말은 내가 원하는 내 모습으로 나를 잘 오해해준다는 뜻이며, "너는 나를 오해하는구나"라는 말은 내가 보여주지 않고자 했던 내 속을 어떻게 그렇게 꿰뚫어 보았느냐 하는 것에 다름 아니다.

사랑과 신앙

인류가 만들어낸 가장 큰 두 거짓말. 사랑이라는 단어와 신앙이라는 단어는 묵음으로 발음되어야 옳다. 허사虛辭로 통용되어야 맞다. 기의를 완전하고도 정밀하게 소외시키고 있는 이 기표들. 시니피앙과 시니피에의 전혀 연관 없음. 사랑이라는 해묵은 단어는, 일찍이 그리스도 이후, 이천 년 전에 유명무실해졌다. 신앙이라는 오래도록 포르말린에 절여놓은 단어 역시 마찬가지다. 바람이 있다는 것을 알려주는 폭풍 속 나무들의 헤드뱅잉을 보듯, 바람을 막아주는 창문을 닫아놓은 채 사람들은 창밖을 음미하듯, 구경할 수 있는 거리가 확보되었을 때에만, 그리고 바람막이 같은 유리벽이 존재할 때에만 사랑과 신앙이 아름답다는 설파가 통한다. 그러나, 그것이 아름답지 않다는 것을 알기에 사람들은 간격을 두고 벽을 쌓고, 참호 속에서 눈만 내밀고서 사랑과 신앙을 품어 안으려고 한다.

도덕과 헌신

인류가 만들어낸 가장 큰 두 함정. 도덕과 헌신에 대한 인간의 강박은, 이미 덫이고, 우리는 이미 수렵꾼에게 총을 몇 방씩 맞고 피 철철 흘리며 도주 중인, 곧 잡히게 될 노루 한 마리와도 같다. 그래 봤자 눈 덮힌 대지에 흘린 선연한 핏방울 때문에, 수렵꾼의 입장에서는 도주라기보단, 친절한 길 안내에 가깝다.

그럼에도…

　더 이상 잡을 것이 없을 때에 우리는 인류가 만든 새빨간 거짓말과 지겨운 함정에도 기꺼이 투항한다. 오해마저도 고맙고, 거짓말마저 달콤하며, 함정마저도 즐거운 나의 집과 같이 칭송되는 지점이 있다. 그렇기 때문에 오해나 사랑, 신앙이나 도덕, 헌신 같은 것들은 눈물겹게 인간적이다. 너무나 인간적이기 때문에 되레 숭고하다.

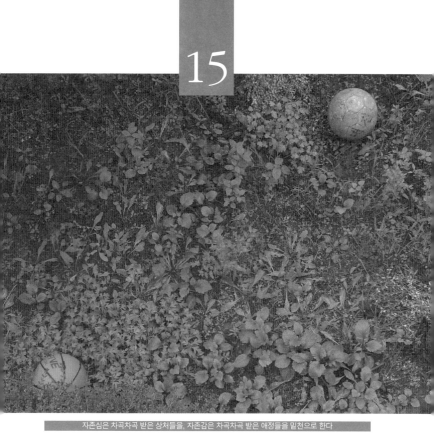

15

자존심은 차곡차곡 받은 상처들을, 자존감은 차곡차곡 받은 애정들을 밑천으로 한다

진   짜   와

가   짜

이기심 : 자기애

'이기심'은 타인에게 사랑받는 그 순간을 가장 기뻐한다면, '자기애'는 자신 바깥을 둘러볼 때에 스스로를 사랑할 힘이 생긴다. 이기심은 상대적이고 동시에 타산적이며, 자기애는 자기중심적이고 동시에 이타적이다. 이기심은 자기 함정에 빠져 있고, 자기애는 자기 사랑에 빠져 있다. 곤란한 상황에서, 이기심은 타인을 써먹고 자기애는 스스로를 사용한다. 이기심은 계산하고 시샘하느라 바빠서 자기 자신에게도 타인에게도 불친절하지만, 자기애는 스스로를 사랑하고 스스로를 사랑해줄 사람을 발굴해내느라 바빠서 계산하고 시샘하질 못한다.

이기심은 원하는 대로 되지 않을 때에는 모멸감을 느끼지만, 자기애는 원하는 대로 되지 않을 때에 다음 기회를 모색한다. 이기심은 때로는 체면을 내동댕이치지만, 자기애는 때로는 체면을 지키기 위해 손해마저 불사한다. 이기심은 칭찬을 이용할 줄 알고, 자기애는 칭찬에 고마워할 줄 안다. 이기심은 조심성보다는 실천력을 내세우고, 자기애는 실천력보다는 조심성을 내세운다. 이기심은 추진력에 관한 한 자기애를 언제나 이긴다. 이기심은 그래서 성공을 보장하지만, 자기애는 품위를 보장해준다.

　이기심이 손을 뻗어 만들어내는 연대감은, 연대하지 않은 사람에 대해 배타적이기 때문에 집단 이기주의로 성장해나간다. 반면, 자기애가 손을 뻗어 만들어내는 연대감은, 정서적 교류를 함께하는 공동체를 만들며, 자신이 지닌 인플루엔자로 주변을 정서적으로 감화시킨다. 이기심이 원하는 것이 많아 관계에서 불만을 축적해가는 동안에, 자기애는 주고 싶은 것이 많아 관계에서 미안함을 축적해간다. 사랑에 빠졌을 때에, 이기심은 비로소 자기를 사랑해줄 사람을 얻은 것이지만, 자기애는 자기가 사랑할 사람을 한 사람 더 얻은 것이 된다. 이기심은 스스로가 언제나 약자처럼 느껴져서 자신이 받은 상처만을 되뇌며 억울해하고 있다면, 자기애는 스스로가 언제나 강자처럼 착각돼서 자신이 줬을지도 모를 상처만을 상상하며 자책하고 있다.

표정 : 눈빛

어린아이는 표정이 다양하다. 그리고 명명백백하여 때로는 과장되게 느껴지는 경우도 있다. 이것은 육체가 오로지 감정의 충복일 때에 가능한 일이다. 사랑에 빠진 연인들이 어린아이처럼 사랑스러운 건 이 때문이다. 오로지 감정의 충복이 된 그들은, 표정부터 어린아이처럼 다양하고 과장되다. 곁에서 그걸 바라보는 제3자의 입장에서는 안타까울 정도로 유치한 모습일 테지만, 그들은 진정 어린아이가 되는 것이다. 반드시 연인이 아닐지라도 누군가와 아주 많이 친밀해지면 누구나 그 사람의 귀여운 구석을 발견하게 되고, 그 어떤 심오했던 사람들도 어린아이처럼 단순하고 유치한 면모를 보일 것이다. 그래서 우리는 그것에 정이 들게 된다.

표정은 그러나 어딘가 미심쩍은 데가 있다. 표정은 얼마든지 가식이 가능하기 때문이다. 그래서 표정이 '읽힌다'라고 말하기도 한다. 포커페이스를 가장하는 것만큼, 표정을 읽는 기술은 진실을 포착하여 정확한 짐작을 하는 데에 때로는 더 유용하게 쓰이고 있다.

그에 비해 눈빛은 속일 수도 없고 속아지지도 않는 어떤 것이다. 그래서 눈빛을 타고난 배우들은 연기를 하지 않아도 연기가 된다. 눈빛 하나로 모든 표현할 것들을 다 발산한다. 눈빛은 품성 그 자체이기 때문이다. 그래서 아무리 잘 차려입은 사람도 눈빛이 불안하면 멋지지 않으며, 추레하기 짝이 없는 사람도 눈빛이 살아 있으면 (볼 줄 아는 사람에 한해서) 멋져 보인다. 눈빛에는 어쩔 수 없는 열등감이, 어쩔 수 없는 천박함이, 어쩔 수 없는 천진함이, 어쩔 수 없는 소심함이, 어쩔 수 없는 허기가, 어쩔 수 없는 장난기가, 어쩔 수 없는 느끼함이, 그리고 어쩔 도리 없이 빠져든 사랑이 포로처럼 포박당한 채로 갇혀 있다.

자존심 : 자존감

　자존심은 차곡차곡 받은 상처들을, 자존감은 차곡차곡 받은 애정들을 밑천으로 한다. 그러다 보니, 스스로를 지켜내는 것이 자존심이 되고 누군가가 불어넣어주는 것이 자존감이 된다. 자존심은 누군가 할퀴려 들며 발톱을 드러낼 때에 가장 맹렬히 맞서고, 자존감은 사나운 발톱을 뒤로 두고 집으로 돌아와서 길고 긴 일기를 쓰며 스스로를 위로한다. 나쁜 결과 앞에서, 자존심은 어차피 모든 걸 예감했던 듯 독해지며, 자존감은 모두들 어디로 갔을까 하며 세상이 독하다는 사실을 난생처음 깨닫고 만다.

　자존심이 강한 자는 이기심이라는 커다란 호주머니를 달게 되고, 자존감이 강한 자는 자기애라는 목도리를 목에 감게 된다. 호주머니는 무엇을 채워 넣으려는 속성을, 목도리는 온기를 주고자 하는 속성을 예비한다. 자존심의 결말은 신문지라도 덮고 추운 겨울밤을 견뎌야 하는 노숙의 운명이라면, 자존감의 결말은 행복한 왕자의 동상과도 같이 어깨에 시린 눈발이 쌓여가도 허리를 펴고 서 있느라 다리에 쥐가 날 운명이다.

．

그러나 이 진짜와 가짜는 서로의 내왕을 허가한다. 난관을 이겨내기 위하여 자가발전 플래시를 손에 들어, 탐정이 되거나 탐사단이 되는 일에 협력하기도 한다. 게다가 그렇고 그런, 거기서 거기인 것으로 만들기 위한 위장술을 쓰기도 하지만, 같은 먹빛임에도 사약과 보약이 재료부터 다르고 용도 또한 다른 것과 비슷한 이치로, 코를 킁킁거려 지나치게 보약만을 감별하려 해봤자 구별되지 않을뿐더러, 큰일이 벌어지지 않는한 이 둘은 모두 무고하다.

16

착함은 일상 속에서 구현되고, 선함은 인생 속에서 구현된다

버 림 반 은

말 들 을

어 루 만 지 다

사실과 진실

사실이 온전하게 존재하는 곳은 아무 데도 없다. 사실은 언제나 사실과 연관된 사람들에 의해서 편집되고 만들어진다. 편집되고 만들어진다는 건 이미 사실이 아니라는 뜻이다. 우리는 가끔 객관적인 판단을 하고 싶어서 객관화된 사실에 집착하곤 한다. 사실이라는 것을 추적하는 과정에는 사실이 존재하지 않는다. 사실은 눈에 보이는 것만을 이야기하기 때문에 관점의 차이를 극복한 객관화가 가능할 것 같지만 그렇지 못하다. 내가 들고 있는 이 머그잔이 위에서 내려다보면 둥근 원이지만, 옆에서 바라보면 직사각형이듯, 사실은 언제나 전체의 형상을 놓친다. 머그잔을 사실 그대로 보여주기 위해서는 다각적인 시선으로 그것을 바라볼 수 있어야 한다. 하지만 입체적이고 다각적인 시선도 놓치는 것이 많다. 머그잔의 질감을 제대로 알려면 보는 것보다는 만져보아야 하며, 더 자세한 속성을 알려면 두드려도 보고 깨뜨려도 보아야 한다. 그 모든 감각들을 동원하면 감정이 개입되기 때문에 사실적이지 않게 되고, 그러므로 그렇게 해서 알게 된 사실을, 사실이 아닌 것처럼 우리는 여기기 쉽다. 그런 의미에서, 사실이 진실보다 더 애매하다. 사실에는 진실이 배제되어 있기 때문에 그렇다. 진실은 언제나 매복해 있다. 매복해 있기 때문에 불쑥불쑥 드러나며, 드러나지 않을 때도 많다. 사실처럼 입체적인 각도를 이뤄낼 수도 없다. 육안肉眼으로 볼 수 없고 심안心眼으로 보아야 한다. 사실은 몇 가지 단서로 추적이 가능하지만, 진실은 단서를 들이댄다고 해서 추적할 수도 없다. 진실은 켜켜이 쌓인 것들을 풀어 헤쳤을 때에 오히려 산만해진다. 진실은 언제나 덩어리째 존재해야만 형상이 감지되기 때문이다. 사실은 낱낱이 분석할수록 명징해지는 측면이 있지만, 진실은 분석하고 나면 형체가 흐트러지고 종합했을 때에 오히려 명징해지는 속성이 있다.

순진함과 순수함

　순진함은 때가 묻지 않은 상태다. 순진함은 미숙함을 뜻하는 것이기도 하고, 무지함을 뜻하는 것이기도 하다. 잘 속고 어리석고 자기 눈으로 모든 것을 판단한다. 그래서 순진함은, 순진한 스스로에게도 연루된 사람에게도 독이 될 때가 더러 있다. 반면, 순수함은 묻은 때를 털어낸 상태다. 순수함은 순수한 스스로에게도, 연루된 사람에게도 약이 될 때가 많다. 물론 순수하지 않은 사람이 순수함의 약을 받아먹었을 때에 독이 되는 순간이 있긴 하다. 명현暝眩 증상처럼 거부 반응이 일어나고 무언가 뒤집힌 듯한 알 수 없는 부작용이 일어나긴 하지만, 그 고비를 넘긴 이후부터는 약으로 작용한다. 순수함은 성숙함의 한 속성이며, 현명함에 대한 하나의 근거다. 순진한 사람은 속기 쉽지만 순수한 사람은 속지 않는다. 순진한 사람은 조종하기 쉽지만 순수한 사람은 조종할 수 없다.

솔직함과 정직함

솔직한 사람은 사랑한다는 말과 미워한다는 말을 번복과 반복으로 발설한다. 반면, 정직한 사람은 사랑하는 마음과 미워하는 마음을 정리하여, 사랑하지만 미워한다거나, 밉기도 하지만 사랑하고 있다고 말할 줄 안다. 자기감정에만 충실할 때에는, 좋을 때에 사랑한다고 말했다가 싫을 때에 미워한다고 말해버리지만, 누군가를 배려하고 싶을 때에는, 사랑하되 미워한다거나 밉지만 사랑하고 있다고 말하고 싶어진다. 즉, 솔직함은 자기감정에 충실한 것이고, 정직함은 남을 배려하려는 것이다. 솔직함은 전부를 다 풀어 헤친다. 이율배반적인 것들과 대책 없는 것들과 막무가내인 것들까지 그냥 다 뱉어낸다. 솔직함은 가리지 않는다. 그리고 솔직하게 털어놓는 것 말고는 아무것도 의도하지 않는다. 반면, 정직함은 전부를 다 풀어 헤치지 않는다. 일부러 그렇게 하지 않는다. 이율배반적인 것들 중에서 일관성을 찾아 정리하고, 대책 없는 것들의 대책을 궁리한다. 그렇기 때문에 정직함은 한층 더 정리되어 있으나 고집스럽고 편집적이다. 정직함은 가리는 것이 있다. 의도하는 바가 있기 때문이다. 믿음을 주겠다는 신념 아래에서 의도적으로 행해지는 것이 정직함이다. 그렇기 때문에 실제로 더 믿게 되는 것은 정직함이지만, 진실로 더 믿게 되는 것은 솔직함이다. 또한 솔직한 행동은, 하는 사람은 편하고 대하는 사람은 불편할 때가 많다. 정직한 행동은, 하는 사람은 조금 불편해도 대하는 사람은 편하다. 나를 편하게 하려는 것이나 남을 편하게 하려는 것이나에 따라 솔직함과 정직함은 쓰임새를 달리 한다. 그래서 솔직함은 탈제도적이지만, 정직함은 제도 안에 들어와 있게 된다. 그래서 '솔직한 공무원'이라는 것은 별 의미가 없지만, '정직한 공무원'이라는 것은 의미 있게 쓰인다.

질투와 시기

　질투는 자기가 못 가진 것을 향해서만 생기는 감정이지만, 시기는 자기가 갖고 있으면서도 생기는 탐욕이다. 질투는 시기보다는 깨끗한 감정이다. 질투 때문에는 잘될 수 있지만 시기 때문에는 망가지기 쉽다. 스스로에게 질투는 힘이 되고 시기는 폭력이 된다. 그래서 질투는 예쁘게 느껴지기도 하지만 시기는 예쁘지가 않다. 질투는 사랑과 동경 때문에 생기는 것이지만, 시기는 반목과 질시 때문에 생기는 것이기 때문이다. 질투는 자기가 못 가진 것을 갖게 하는 원동력이 되기도 하지만, 시기는 남의 것을 뺏거나 얻으려던 것을 못 얻으면 자기 것마저 잃게 한다.

반항과 저항

저항은 하나의 목소리지만, 반항은 하나의 포즈다. 저항은 근본을 뒤바꾸는 혁명을 꿈꾸지만, 반항은 근본을 외면한 채 탈주만을 꿈꾼다. 저항은 바닥을 박차고 일어서지만, 반항은 벽에 기대어 일어선다. 기댈 데가 없을 때에 저항은 힘을 갖지만, 기댈 데가 있어야 반항은 힘을 발휘한다. 그러므로 기댈 데가 있어야 힘을 얻을 수 있는 사람은, 언제나 저항하지 못하고 반항만을 하게 된다. 저항은 문제가 해결되면 멈추지만 반항은 스스로 멈추고 싶을 때 멈춘다. 그러나 멈춘 이후에, 저항은 자기를 억압하던 대상의 방법들을 닮아가며, 반항은 자기가 반항하던 대상을 닮아간다.

착함과 선함

착함은 행위로 가늠되고 선함은 행위가 배제되었을 때에 가늠된다. 선하지 않고도 충분히 착할 수 있다. 악한 행동을 일삼는 사람도 알고 보면 선한 경우도 있다. 착함은 현상이고 선함은 본질이기 때문이다. 본질적으로 선한 사람은, 선하게 살도록 배려되지 못한 환경에서 이를 악물고 인내하거나 해결하려고 용기를 내지만, 착한 사람은 착한 행동을 하도록 배려되지 않은 환경에서 인내력도 없고 해결력도 없이 무력해지는 경우가 많다. 착한 사람은 온순하고 순종적이지만, 선한 사람이 반드시 순종적이지는 않다. 착한 사람은 남을 위할 때에 눈치를 본다면, 선한 사람은 그 순간에 눈치를 안다. 착한 사람은 불의를 보고 화낼 줄 모르지만 선한 사람은 불의를 보면 분노한다. 착함은 일상 속에서 구현되고, 선함은 인생 속에서 구현된다.

위선과 위악

위선은 없는 것을 있게끔 하는 포장술이고, 위악은 있는 것을 감추려는 악다구니다. 위선은 어쩔 수 없는 무력함에 대한 대안이다. 아무것도 없는 상태에서 무언가가 있는 것처럼 표현해야만 할 때 위선은 쓸모 있다. 아무 관계도 아닌 사람에게 위선적인 행동을 쉽게 할 수 있는 것도 그 때문이다. 무언가를 요구하는 사람을 향해, 그 요구를 들어줄 능력도 의욕도 없다는 것을 위장할 때 쓸모가 있다. 위선은 자기 편의를 위하여 관계를 이용하기 위해 필요하며, 자신의 불완전성을 간단하게 메워버리기에 적절하다. 위선은 그것이 가짜임이 밝혀지는 순간, 흉칙한 본질이 들키는 것이기 때문에 끝없이 또 다른 위선을 찾아 덧씌우게 된다. 반면, 위악은 이미 있는 것들이 쓸모없을 때에 함부로 방기하려는 욕망의 분출이다. 존재하지만 쓸모없는 것들을 어떻게 해야 좋을지 모를 때에 행해지는 안쓰러운 폭력이며, 어쩔 수 없는 힘에 대한 반어법이다. 위악은 욕망하는 바가 분명하지만 그것이 거부당하는 환경 속에서 쩔쩔매다가 주눅이 들어, 욕망하는 바를 억압하여 엉뚱하게 발산된다. 아무 관계도 아닌 사람에게보다는 아주 가까운 사람에게 더 쉽게 위악적인 행동을 하게 되는 것도 선명한 욕망이 위악의 근거이기 때문에 그렇다. 위악은 그것이 가짜임이 밝혀져 본질이 드러날 때 오히려 정갈해진다. 위선은 또 다른 위선만으로도 살아낼 수 있지만, 위악은 본질이 알려지면 멈출 수밖에 없게 된다. 사랑하는 사람 앞에서의 위선은 나의 식은 사랑과 당신의 식지 않은 사랑의 간격을 메우기 위하여 필요하고, 사랑하는 사람 앞에서의 위악은 나의 식지 않은 사랑과 당신의 식은 사랑을 견뎌내기 위하여 필요하다.

17

연대감은 접대하지 않는 자에 대한 천대를, 연대하지 않는 자에 대한 적대를 낳곤 한다

집   단,

정   의,

마   녀   사   냥

여러 사람이 함께 내리는 판단이 더 이성적이며 부조리한 감정들을 걸러낸 상태라고 생각하기 쉽지만, 반드시 그렇지는 않다. 때로 우리는 집단이 이루어내는 감정의 과장을 경험할 때가 있다. 그래서 집단은 '축제'를 만들기도 하고, '광란'을 만들기도 한다. 대개의 집단이 이루어내는 최종의 감정 상태는 말 그대로 '광란의 축제'에 해당된다.

전쟁을 일으키고 독재와 학살을 일삼는 권력이 가장 좋아하는 것이 바로, 개인이 취하는 이성의 목소리를 외톨이로 만드는 일이다. 그와 함께 집단이 행할 수 있는 가장 원시적인 심리 상태를 끄집어내어 강력한 함성을 만들어내는 일이다. 그래서 외톨이가 되는 것이 두려운 모든 사람들은, 서로 결속되려 하고 그 결속으로 위험한 힘을 과시하며, 이 사회에서 가장 폭력적인 존재가 되어 있는데, 이것이 바로, 때로 질 나쁜 군중심리를 생산해내는 '대중'인 셈이다.

이 복잡한 사회에서 확실한 것이 아무것도 없으니, 자기 확신은 턱없이 부족할 테고, 그러므로 우리는 매 순간의 판단을 많은 사람들이 그렇게 해왔던 쪽으로 하게 마련이다. 그것이 최악의 결과를 낳을지라도, 책임이 스스로에게 있지 않고 군중에게 있으며, 그 결정이 최악의 실패를 낳을지라도 모두가 함께하는 참패이기에, 최소한 비웃음의 대상은 되지 않는다. 연약한 개인의 목소리를 강하게 만들어내기 위해 우리는 접대하고 연대한다. 그 관습이 접대하지 않는 자에 대한 천대를, 연대하지 않는 자에 대한 적대를 낳곤 한다. 한 배를 타지 않은 자들에게 배타적이게 되고, 공동의 선을 추구했어도 그 이익을 나누는 데에선 배제해버리는 악행을 의도적으로 행하곤 한다.

혼자만의 결정으로 군중을 이탈하여 외길을 가는 삶은 그러므로, 성공한다고 해도 존경을 받거나 하진 않는다. 같은 가치를 추구하지 않는 사람에게 우리는 은근히 배타적이다. 기껏해야 예외를 낳은 기이한 경우에 눈이 휘둥그레질 뿐이다. 만약 그 숭고한 외길의 삶이 실패를 하게 된다면 영락없는 바보로 전락한다. 존경은 오로지, 같은 판단을 하고 같은 노선을 걸었던 군중 안에서 가장 탁월한 결과를 낳은 자에게 돌아간다.

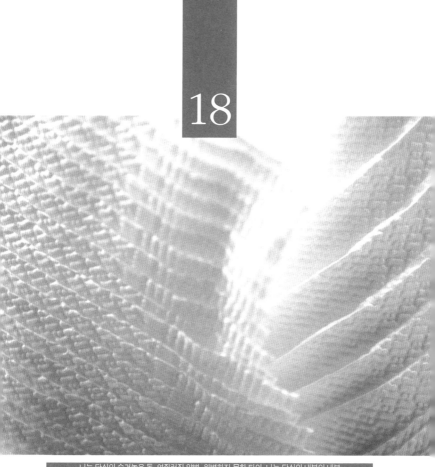

18

나는 당신의 숨겨놓은 독, 엎질러진 약병, 완벽하지 못한 타인, 나는 당신의 내부의 내부

순　　교　　와　　도　　　　같　　은

4

하늘의 나쁜 기억력을 진심으로 찬양하라!

그리고 하늘이 그대들의

이름도 얼굴도 모른다는 것을 찬양하라.

그대들이 아직도 살아 있다는 것을 아무도 모른다.

5

추위와 어둠과 멸망을 찬양하라!

올려다보라.

그대들에게 좌우될 것은 아무것도 없다.

그대들은 아무런 걱정 말고 죽어도 된다.

—베르톨트 브레히트, 「위대한 감사의 송가」 부분

두려움

검지 손톱처럼 작은 알들을 둥지에 낳아두고 어미 새는 다시 품으러 날아오지 않았다. 어미 새를 생각하자니 안에서 썩어가고 있는 작은 알들보다 더 가련했다. 어미 새는 누군가가 자신이 알을 낳고 있는 모습을 보아버렸기 때문에 다신 날아오지 않았다. 누군가가 보았다는 사실이 두려워서, 한참을 떠돌다가 자기가 어디에 알을 낳았는질 잊어버린 걸까. 그래서 꼭 찾아내고 싶은데 도저히 찾아낼 수 없게 된 것일까. 아니면, 두려움이라는 쇼크 때문에 알을 낳았다는 사실조차 기억하지 못하게 되어버린 걸까. 가장 내밀한 자기 세계를 들킨다는 것은 그토록 혹독한 것일까. 단지, 두려움 자체가 그토록 혹독한 것일까.

그럼에도 훔쳐보고자 하는 열망을 우리는 이토록 사랑한다. 아기 새가 새알 속에서 썩어가게 될지라도, 어미 새가 버려둘 수밖에 없는 자신의 알 때문에 울며불며 먼 허공을 맴돌아도, 그렇더라도, 우리는 그것을 보아야만 한다. 아마도 모든 것을 걸고.

연애

죽이고 말 거야, 누군가가 그 뒤통수를 바라보며 말하고 있다. 키스를 하는 입술보다 뒤통수가 더 짜릿하다. 나를 죽이러 올 때에 마치 키스를 하러 찾아온 연인처럼만 두려움과 설렘을 두 눈 가득 담고 와주길 바랄게. 나를 죽이러 올 때에 복면은 쓰더라도 그 눈빛만은 절대 가리지 말고 와주길 바랄게. 네 손에 죽기 위해서 나는 얼마나 많은 만용을 몸소 실천해왔는지 몰라. 그걸 네가 알아채주었기에 나는 너를 사랑해. 부디, 나를 사랑할 수밖에는 없다고 각인된 그 손금 담긴 너의 두 손으로 나의 목을 졸라줘. 너와 내가 함께 좋아할 수 있는 유일한 음악이 흘러나오는 이어폰을 내 귀에 꽂아줘.

부모 자식

나는 당신의 칼 없는 칼자루, 서
랍 속의 난감한 편지, 봉합조차 뜯
긴 세금계산서, 발가벗은 육필 엽
서, 나는 당신의 순정 없는 심복, 꽃
그늘 속 짓밟힌 꽃잎 여러 장, 심장
을 꺼놓은 일렉트로닉 토이, 나는
당신의 숨겨놓은 독, 엎질러진 약
병, 완벽하지 못한 타인, 나는 당신
의 내부의 내부, 나는 당신의 잃어
버린 한쪽 머리, 댕강댕강 잘려나가
던 단종된 참수형 처형기계…….

시

데츠카 오사무의 아톰은 2003년 4월 7일생이다. 그러니까 아톰은 '먼 미래였던 2003년'에 눈을 뜨고 생을 시작했다. 한때의 별별 SF들이 가설을 세우던 그 먼 미래를 갓 지나쳐온 시간에 우리가 지금 서 있다. 무수한 SF들은 이 미래를 비관했고, 이 미래에 인간이 대오각성을 할 거라 믿고 있었다. 우리는 이미 현재가 되어버린 이 미래에 대해, 비관은 별미처럼 잠깐 하고 말 뿐, 능란하게 적응한 채 미래라는 깃발을 또 한 뼘 앞으로 옮겨 심고서 알 수 없는 곳으로 이동 중이다. 참회 없이 이 기이한 세상을 받아들이고 살아가는 것에 대해 비참하다는 생각이 든다. 어쩌면 살아가고 있는 게 아니라 유령으로 배회하고 있다는 생각이 든다. 그건 멸망했다는 뜻과 다르지 않다. 우리가 유령임을 인화해내고, 전혀 예정치 못한 기형이 되어 있다고 진단하고, 밤마다 용서라는 말을 듣고(이진명의 시집 제목이기도 하다), 신음하며 식은땀을 흥건히 흘리는 일을 그나마 시가 하고 있다. 시는 무력하고 배고프고 나약한 채로, 세상의 절벽에서 처절히 매달려 목숨을 건다. 사산된 채로 태어난 흑인 아기의 영혼처럼, 축복과 조의를 한꺼번에 해주어야 할 것만 같은 운명이다.

19

엄격하게 말해서, 세상 모든 사랑한다는 고백은 학살의 일부다

길 고 양 이 가   쓰 레 기 통 을

헤 집 듯, '사 랑 해' 라 는

쓰 레 기 통 을   헤 집 다

처음 말해지는 '사랑해'

한 사람이 한 사람에게 '사랑해'라는 말을 하는 것에는 그 처음에만 '고백'의 의미가 있다. 눈을 뜨고 있는 것이 괴로울 정도로 두 눈을 가득 채우는 당신에게, 이 말을 하지 않고는 견딜 수 없다는 절박함이 있다. 눈을 감으면 눈 안에 있는 당신이, 달디단 가시처럼 나를 황홀하게 아프게 한다는 통증에 대한 하소연이 있다. 사랑하고 있다는 것을 알고 있지만, 그 상태를 마음속에 가둬두고 있자니, 화산을 가둔 감옥처럼 내 몸이 무너질 것 같다는 경계경보의 사이렌을 울리듯, '사랑해'라는 말은 신음처럼 삐져나온다. '사랑해'라는 말에는 반드시, '당신은?'이란 질문이 포함되어 있다. 나는 당신을 사랑하는데, 당신도 나를 사랑하는가에 대한 질문을 전제하지 않는 첫 고백은 없다. '당신은 나를 사랑하는가'라는 의문문이 포함되어 있지 않은 '사랑해'는, 단지, '사랑하지 않아'라는 대답을 들을까 봐 두렵기 때문에 이루어지는 자기 방어와 같을 뿐이다. 아무런 반응도 기대하지 않고, 단지 발화에만 의미를 두는, 보다 관대한 경우의 '사랑해'라는 고백은, '내가 당신에게 완전히 흡수되어 이 힘으로 이 생의 고달픈 강을 건너련다'는 의지와 같다. 신에 대한 사랑의 고백처럼.

그러나, '사랑해'라는 말에는 특허청에 등록을 할 때와 같이, 내 아이디어를 다른 사람이 도용할 수 없다는 독점의 욕망이 내포되어 있다. '사랑해'라는 고백을 처음 수용하는 그 대상은 다른 사람에게 '사랑해'라는 말을 허가하지 말아야 하며, '사랑해'라는 감옥 속에 들어가 사랑이 다하는 순간까지는 정절을 지키라는 것이다. 또한 '사랑해'라고 고백하는 건 소변을 발라놓음으로써 자기 영역을 표시하는 개들처럼 영역의 선점 우위를 획득하기 위한 것이며, 원하는 물건을 사기 위해서 돈을 지불하듯, 나를 사랑해달라는, 나와 함께 사랑을 하자는, 거래를 완수하자는 교환 가치의 의미가 있는 것이다.

'사랑해'라는 말이 두 번, 세 번… 반복될 때

한번 '사랑해'라는 말로 묶인 한 쌍의 연인은 '사랑해'라는 말을 난사하면서, 사랑한다는 말 한마디의 효용성을 극대화시키기 시작한다. 이를테면, "내가 전에 고백한 '사랑해'라는 말을 너는 기억하니?"라는 말로 두 번째 발화를 시작하여, 당신의 자리를 마련하기 위해 비워둔 내 마음의 빈 곳에 대한 결핍 때문에 내 앞에 당신이 있었으면 좋겠다는 말에서부터, '오늘 저녁은 심심한데 영화나 같이 볼까'에 이르기까지, 사랑한다는 말을 유효적절하게 활용하는 것이다.

당신의 모습을 닮은 사람들이 '월리'처럼 온 거리의 여기저기에서 발견되어 난감할 때에도, 당신이 벗어놓은 새까매진 양말의 허름함이 어쩐지 안쓰러워 보일 때에도, 새 양말과 속옷을 얌전하게 개켜서, 잠든 당신의 머리맡에 놓아두며 순간적으로 옛 기생의 감회를 모사할 때에도, 약속 시간에 알맞게 도착한 당신을 보았을 때에도, 약속 시간보다 일찍 와서 미리 당신을 기다리고 있는 모습을 보았을 때에도, 약속 시간에 늦어 온몸으로 바람을 헤집고 달려온 순진한 모습이 역력할 때에도, 음정을 잘못 짚어 엉망으로 노래하는 우스꽝스러운 모습을 볼 때에도, 계단에서 내려오다 덜렁거리며 넘어지는 모습을 대할 때에도, 낡은 지갑을 들고 나니는 당신을 위해서 백화점 1층을 배회하는 순간에도, 자전거를 타고 달리는 당신의 모습이 무슨 영화의 한 장면처럼 빼어난 착시를 만들어낼 때에도, 공중전화에 동전이 남아 있는 것을 발견할 때에도, 섹스를 하고 싶을 때에도, 섹스를 하면서 보다 멋진 황홀을 제공받고 제공하기 위해서도, 성과 있는 섹스를 하고 난 소감을 표현하기 위해서도, 나의 '사랑해'라는 발화를 듣고 당신의 마음이 환하게 점등되는 모습을 관음하려고 할 때에도, 껴안고 있는 순간이 양수처럼 포근하고 설탕처럼 달콤하며, 이제는 익숙해진 당신의 향기에 내가 중독되어 있구나 여겨질 때에도, 껴안고 있는 순간이 피를 흘리고 있는 순간처럼 상처를 만들고 있는 것 같은 통증이 느껴질 때에도, 이 순간 시곗바늘을 꺼내어 시간을 멈추고 싶다는 안락함이 죽음과도 같은 처절함으로 여겨질 때에도, 당신의 걸음걸이를 흉내 내고 있는, 당신의 표정 한 가지를 모사하고 있는, 내 말에서 당신의 말투가 섞여들고 있음을 느끼게 되는, 당신의 못된 버릇을 내가 답사하고 있다는 자각이 드는 그 모든 순간에도, 나 혼자 보고 있는 영화와 나 혼자 맛보고 있는 음식과 나 혼자 즐기고 있는 이 풍경의 아름다움을 함께하고 싶을 때에도, 무섭거나 애잔한 꿈을 꾸고 눈을 뜬 아침에, 나를 가둔 감옥과도 같은 어두운 일상에 대한 권태에, 뜻대로 되지 않아 공허할 때에, 당신이 울적해 보여 용기를 주고 싶음에, 내 삶이 불안의 벽으로 둘러싸여 있어서 그곳을 탈출하고 싶음에도, 혼자 가기에는 외롭고, 여럿이 함께하기에는 번거로운 여행을 함께하고 싶음에도, 오늘은 유난히 달빛이 휘영청 밝아서 쓸쓸해지는구나, 하는 감상에 이르기까지, 비가 내리는 오후의 평화가 나를 차분히 가라앉게 한다는 감정에 대해서까지, 첫눈이 내려 세상의 흰빛이 무슨 축복처럼 느껴지는 설렘이 있는 날에까지, 길가에 핀 오월의 장미꽃이 유난히 선연해 보여 꽃집에 들러 꽃 한 송이를 막연히 사고 싶은 순간에까지, 바쁜 일상 속에서 잠깐의 휴식을 취하듯 담배를 빼어 물 때와 같이, 그냥, 마음을 환기하고 싶을 때에도, 노력한 대가가 힘을 발휘하여 좋은 결과를 얻어 어딘가에 자랑하고 싶어질 때에도, 당신이 딴 마음을 품고 딴 곳에 정신을 팔고 있는 것에 대해 질투할 때에도, 딴 사람에게 자꾸만 눈길이 가고 손길이 가는 내 마음을 균형 잡고 싶을 때에도, 당신의 따뜻한 주시가 피곤하게 느껴져 도망치고 싶은 마음이 들 때에도, 내 의지와 상관없이 태어나 내 의지와 상관없이 한 줌 흙으로 돌아갈 운명임을 깨닫는 적막한 명상의 끝자락에서도, 한곳에 주둔하지 못하고 뿌리 없이 떠도는 영혼의 실체를 응시하는 순간에도, 혼자서 하기에는 지루하고 힘겨운 일거리가 있어 도움을 청하려 할 때에도 '사랑해'라는 말은 쓸모 있게 쓰인다.

'사랑해'라는 말에는 애초에 내용이란 없다. 그 내용 없음은 사랑하는 두 사람에 의해 각각의 방식으로 섣부르게, 주관되게, 함부로, 무책임하게 채워진다. 생각보다 이용 가치가 높은 당신을 다목적으로 이용하고 싶다는 속셈이, 생각보다 이용 가치가 떨어지는 당신을 개선하고 싶다는 속셈이, 당신의 사랑에 대한 나태함에 자극을 주고 싶다는 속셈이, 요즘은 돈이 궁해, 라는 궁한 말을 할 때에도, 당신은 왜 그렇게 형편없는 속옷을 입고 내 앞을 얼쩡거리느냐, 라고 핀잔을 주고 싶을 때에도, 무료한 수다를 그만 접고 이제 전화를 좀 끊었으면 싶을 때에도, 무기력한 모습을 보이며 술과 담배에 기댄 당신의 모습에 언짢음에도, 작은 일에 우쭐거리는 당신이 유치해 보일 때에도, 큰일을 해낸 당신의 속사정이 치사한 사기꾼처럼 탐욕스러워 보여 껄끄러울 때에도, 당신이 소유한 능력을 내가 좀 써먹겠다 싶을 때에도, 해야 하지만 하기 싫은 일을 하지 않으려고 할 때에도, 당신의 부탁이 오직 귀찮아서 정중하게 거절하고 싶을 때에도, 명백히 당신이 하기 싫어하는 일을 시키려고 할 때에도, 내가 내 시간을 방해받지 않고 즐기기 위해 핸드폰을 꺼놓을 때에도, 다른 사람을 사랑하고도 시치미를 떼며 당신과 마주하고 있는 죄책감을 느낄 때에도, 내가 설명하고 있는 말들이 진실을 제대로 전달하지 못하고 오해를 가중시키고 있을 때에도, 그 순간, 당신의 반박이 나의 미움과 배신에 대하여 스스로 눈뜨게 할 때에도, 그래서 당신을 사랑하고 있다는 것은 시인하지만 지금은 때가 아니라고 생각할 때에도, 피곤하고 지쳐서, 나를 피곤하게 하고 지치게 해서 당신 없는 곳으로 도망가서 한동안 살고 싶어질 때에도, 모든 행동과 말끝에 넌지시 이 말을 덧붙인다. "내가 사랑하고 있는 거 알지?" 테러범이 폭탄을 상자에 넣고 예쁘게 포장한 다음, 마지막에 리본을 묶듯이 말이다.

마지막에 하는 '사랑해' 라는 그 말

　마지막에 던져지는 '사랑해' 라는 말은 '미안해' 와 '고마워' 를 함께 짊어지고 있다. 처음 '사랑해' 라는 말은 언제나 수줍고 진지하게 발화되며, 과정 속에서의 '사랑해' 라는 말은 때론 유치하게, 때론 장난스럽게, 때론 느끼하게 때론 청승맞게 발화되지만, 끝에서의 '사랑해' 라는 말은 모래바람처럼 건조하고 공허하게 발음된다. 처음의 '사랑해' 라는 말이 신음의 형식을, 과정의 '사랑해' 라는 말이 감탄 혹은 즐김, 의지 혹은 속박과 테러의 형식을 표면화한다면, 끝의 '사랑해' 라는 말은 학살의 형식을 표면화한다. 엄격하게 말해서, 세상 모든 사랑한다는 고백은 학살의 일부다. 죽임과 죽음을 모사하고 투영하되 그것을 축제로 치환하려는 노력, 놀이로 가장하려는 흔적, 죽임과 죽음이란 사형대 앞에서 담배 한 대를, 혹은 노래 한 곡을, 혹은 기도 한마디를 하기 위해 죽임과 죽음의 순간을 지연시키고자 하는 공포의 결과다. 그런 의미에서 마지막에 던져지는 '사랑해' 라는 기표는 '사랑' 이라는 기의를 가장 정확하게 등식화한다. 마지막 악수와 마지막 포옹과 마지막 섹스와 더불어, 마지막 '사랑해' 라는 고백은 바타유의 말처럼 "죽음까지 파고드는 삶"을 절절하게 형상화하고 있다.

당신은 이제 새처럼 자유로워져라. 당신은 이제 나 없이도 밥을 먹고 길을 걷고 잠을 잘 사람. 당신은 이제 나 없이도 그래야만 하는 사람. 당신은 이제 모든 기억과 흔적과 추억과의 인연을 끊어라. 망각하라. 당신은 나로부터 얻으려던 것을 이제 다 얻었노라. 나는 더 이상 줄 것 없는 누추한 몰골이 되었도다. 그렇지만, 개새끼, 돌아서서 다른 사람을 향해, 예의 그 그윽한 눈빛으로 또 '사랑해'라는 말을 할 거면서. 그 사람을 안고 핥고 탐미하다가 허기질 거면서. 나 없이 잘 사나 두고 보자. 그동안 당신 비위를 맞추느라 피곤하고 피곤하고 피곤했을 뿐. 이제 나는 자유의 몸이 되었노라. 용기와 만용이 축적되면 당신을 내 손으로 죽여줌으로써 내 사랑을 완성하겠노라. 당신을 내 손으로 죽임으로써, 당신의 나에 대한 결례를 응징하겠노라. 당신은 결코 잘 살 수 없을 것이다. 나를 떠난 당신에게는 언제나 액운이! 당신을 버린 나에게는 언제나 행운이 깃들기를! 그렇지만, 당신은 잘 살아야 해요. 나도 잘 살게요. 당신이 나를 아름답게 추억함으로써 내 사랑을 완성해주기를. 나 또한 그렇기를. 당신에게 내가 마지막이기를. 나에게 당신이 처음이었듯이.

20

이별한 후, 존재는 어디든 있으나, 아무 데도 없게 된다

이   별   의   능   력

나는 2시간 이상씩 노래를 부르고

3시간 이상씩 빨래를 하고

2시간 이상씩 낮잠을 자고

3시간 이상씩 명상을 하고, 헛것들을 보지. 매우 아름다워.

2시간 이상씩 당신을 사랑해.

당신 머리에서 폭발한 것들을 사랑해.

—김행숙, 「이별의 능력」 부분

개운하다

'정든다'는 말처럼 단단한 지옥은 없다. 난공불락의 요새와 같다. 정들이기 좋아하는 우리는 날마다 감옥을 짓고, 무덤을 만든다. 감옥과도 같은 파리한 인생이 싫어서, 우리들은 무언가에 정을 주고 물을 주고 싹을 기다리고 꽃이 피기를, 열매가 맺기를 기다리곤 한다. 기다리는 것이 오기는 한다. 하지만, 왔는가 싶으면 이내 스쳐 지나가 사라져버린다. 기다리던 것들이란, 언제나. 그 반복 속에서 우리가 갇혀 있는 정든 지옥을 바라보며 우리는 안정감을 느끼곤 한다. 어쩌면 안정감을 느끼기 위해서 애쓰고 있는지도 모른다. 그렇지만, 그것이 불안하기 짝이 없는 상태임을 안다. 불안의 얼굴을 힘껏 외면하면서, 안정감이라는 가면을 씌워 놓으려고 애를 쓴다. 그러나 이내 본색을 드러내고야 마는 솔직하디 솔직한 불안이란 맨 얼굴.

정든다는 것은 병든다는 것이다. 잠깐잠깐의 훈훈한 정기를 마취제처럼 흡입하며, 병들었다는 사실을 잊고자 한다. 정든 곳이란 상처와 같다. 상함이 거하고 있는 장소와 같다. 그러나 정을 버리고 나면, 비로소, 드디어 찾아오는 한결 다른 안정감이 있다. 거기에는 목욕을 한 듯한 개운함이 있고, 젖은 머리카락을 흔들고 지나가는 바람과 같은 상쾌함이 있다. 정든다는 정황 속에서는 볼 수 없었던 탁 트인 시야가 있다.

미련이 남다

이별이 더러울 수 있는 것은 청산되지 않는 찌꺼기 때문이다. 합의하지 않고 행하는 일방적인 행동과 보폭을 맞추지 않은 눈치 없는 걸음은, 이별을 행하려고 할 때, 언제나 더러운 미련을 남긴다. 사랑의 시작에만 합의가 있는 것이 아니라, 사랑의 끝에도 합의가 있다. 서로의 마음속에 계약서를 작성해 넣어두고, 그리고 각자 도장을 찍고 밀봉하는 것이 사랑의 시작은 물론 끝에도 있다. 그 절차가 없을 때에 미련이 남고, 미련이 남은 자는 미련을 남긴 자가 계약서를 쓰레기통에 버릴 때, 함께 버려진다.

시작과 끝의 사이, 그 과정 속에서는 보폭을 맞추기 위한 의식 같은 것이 필요하다. 대화와, 대화에 얹어지는 눈길과 손길과 발길 같은 것이 하나의 의식이다. 끝없이 교정하고 끝없이 곁눈질하면서, 서로의 보폭을 맞추어 나가는 의식. 눈치 없고 이기적인 사람이 사랑 앞에서 승산이 있는 듯 보이는 것은, 당신의 보폭에 자신의 보폭을 맞춰줄 능력이 없기 때문에 그렇다. 어쩔 수 없이, 당신이 그 보폭에 맞춰주게 되어 있다. 사랑 안에 있기 때문에. 보폭을 맞춰준 당신은, 그 자신과 당신의 보폭을 함께 바라볼 수 있었다는 죄목으로, 미련이 남는 자가 되곤 한다. 인내하고 노력한 만큼 관계에 대한 애착이 더욱더 강화되기 때문에, 아무런 노력도 행하지 않았던 상대방보다 당신은 더 늦게까지 사랑하고 버림받는다. 그러므로 억울하고 분하다.

미련이 더러운 것은, 미련이 남은 자와 미련을 남긴 자가 각각 창과 방패를 준비하기 때문에 그렇다. 찌르고 그리고 막는다. 창과 창을 준비하면 서로를 한없이 찌르며 죽이게 되고, 방패와 방패를 준비하면 상대방이 준비한 것이 창인지 방패인지 분간하지 못하고 방패 속에 움츠리고 두려워 떨게 된다. 창에 찔릴까 봐 무섭기도 하지만, 사랑이 아니었다고 깨닫게 되거나 사랑이 아니었다고 취급당할까 봐 두렵다. 그것은 분노가 되어 쌓이기도 한다. 그리고 각자 스스로가 버림받았고 상처받았다고 생각한다.

추억하다

추억하는 건 관조의 거리가 확보되었을 때에 가능하다. 그리고, 관계에서 섭취한 것들의 영양분 때문에 포만감이 느껴질 때에 가능하다. 추억한다는 것은 내 마음속에 당신의 무덤을 만들고 묘비를 세운다는 뜻이거나, '당신과의 사랑'이란 전리품을 내 전시장에 추가한다는 뜻이다. 추억은 언제나 가장 아름다운 미장센을 만든다. 그리고, 가장 그럴듯한 간증을 한다. 추억 속에 반성과 참회라는 덕목이 함께 있다면, 추억하는 자는 추억함으로써, 날마다 계몽된다.

도착하다

    사랑에 맹목이 있듯 이별에도 맹목이 있고, 사랑에 목적지가 있듯 이별에도 목적지가 있다. 목적지가 있었던 사랑은 이별 후에 같은 값의 다른 모양을 지닌 목적지로 행한다. 그러나 맹목적인 사랑이었다면 이별 후에 자신이 처할 곳을 몰라서 하염없는 방황을 하고야 목적지로 발길을 돌린다.

    이별 후의 목적지는 집이다. 당신은 언제나처럼 집으로 가고 있지만, 지금 전혀 다른 길을 가는 중이다. 둘의 머리 위에 함께 둘러 있던 빛들이 사라지고, 그래그래, 하면서 둘의 사랑에게 끄덕여주는 것처럼 여겨졌던 고개 숙인 가로등도, 풀이 죽어 고개를 수그리고 있는 것처럼 보인다. 그렇게 돌아간 집 안에는 기다리던 사물들이 있고, 사무치는 사연들을 안에 품고 있다. 그 집 안에 몸을 넣어두고 몸을 눕힌다. 관 속에 눕듯이. 집이 관이 될 수 있는 지점. 그곳에 도착하게 된다.

정복하다

이별 후에 나는 비로소 당신을 정복할 수가 있다. 방생함으로써 당신을 영원한 식민지로 만들 수 있다. 나에게, 사랑했고 이별했다는 용기가 있었으니, 방생함으로써 당신을 지배할 수 있게 된다. 내 마음속에서 당신은 유영한다. 보다 넓은 바다를 향해 헤엄치고 있는 듯한 당신의 몸짓은, 그러나 내 마음속 어항의 이쪽 끝과 저쪽 끝을 왔다 갔다 하는 물고기에 불과하다.

곁에 둔 채로 당신을 방생하겠노라 흉내 내곤 하는 우리는, 새장 속에 갇힌 새를 바라보며 그의 노래를 즐기는 잔혹함을 행하는 셈이다. 새는 노래하기 위해서 태어나지 않았다. 날기 위해서 태어난 새의 그 날개를 퍼덕거리지 못하게 한다. 당신이 새장 문을 열고 넣어주는 항생제와 먹이를 얌전하게 받아먹기만을 요구한다. 새는 언제고 문이 활짝 열리면 날아갈 것이다. 문 한 번 열어줄 때마다 느끼는 조심스러움과 불안함. 창공 전체가 새장이고, 세상의 모든 나뭇가지가 둥지이며, 세상의 모든 꼬물거리는 것들이 먹이라는 마음의 확장. 마음이 변해서가 아니라, 마음의 확장 때문에 가능한 이별. 그때 우리는 창공과 숲 속으로 돌아간 새들이 저희들끼리 화답하는 진짜 노래를 듣게 된다.

마음의 **공황**

    물리적인 역학계에서는 두 가지 힘이 존재한다. 하나는 벡터vector량이고, 하나는 스칼라scalar량이다. 벡터량은 크기와 방향을 가지고 있는 힘이다. 그리고, 스칼라량은 크기만 존재하고 방향이 존재하지 않는 힘이다. 벡터량은 물리적인 힘이라면, 스칼라량은 마음에 존재하는 힘이다. 사랑은 사랑의 국면에서 무수하고 자잘한 물리적인 행사를 해낸다. 그러므로, 힘의 크기와 방향이 함께 존재한다. 사랑한다는 힘이 사랑하는 대상이라는 방향을 설정해놓고 그곳으로 향한다. 힘이 방향을 알고 그곳으로 날아갈 때에 힘의 존재감이 존재를 반응하게 하고 화학작용을 일으키게 한다.

    그렇지만, 이별의 국면에서는 아무것도 할 것이 없다. 힘은 존재하고 방향은 존재하지 않은 상태다. 현존하는 힘이 부재하는 방향성 때문에 아무 곳에나 날아가기도 하고, 아무 곳으로도 날아가지 못할 때도 있고, 그리고 자기 자신에게 날아갈 때도 있으며, 이미 떠나버린 당신에게 날아가기조차 한다. 그렇지만, 모든 것은 가구가 없는 큰 방에서의 목소리처럼 공허하게 울려 퍼진다. 방향이 소실되었지만, 아직도 남아 있는 힘은 공황을 만든다. 어떤 소리나 울림도 없다.

사랑의 순간에는 생의 하중을 가볍게 하며 생을 상쾌하게 지나갈 수 있게 했다면, 이별 이후, 생의 하중을 있는 그대로 다 견뎌내야 한다. 이별한 후, 존재는 어디든 있으나, 아무 데도 없게 된다.

망각

　가슴이 찢어지는 듯한 이별 후에도, 목숨을 버리고 싶은 이별 후에도, 우리는 살겠노라 호흡을 하고, 밥을 먹고, 사람을 만나고, 일을 한다. 웃기면 웃고, 가려우면 긁고, 다리가 저리면 고쳐 앉는다. 그 속에서 그럴듯한 망각을 몸소 실천하는 듯하지만, 망각이란 존재하지 않는다. 마음의 가역可逆 작용은 불완전하다. 언제나 흔적이 남는다. 통증과 환희, 쾌감과 분노 따위가 느껴지지 않을 뿐, 즉, 그 자리가 상처가 아닐 뿐, 흉터로서 남는다. 사랑하는 동안 급하게 흘러갔던 시간이 한없이 느리게 흘러가는 것을 무능하게 바라보면서, 시간의 완급을 수십 번 되풀이하여 바라보면서, 흉터가 비로소 흔적으로 남는다. 그것을 우리는 망각이라고 말한다.

21

밤은 열두 폭 병풍처럼 현실을 가리고 나를 호위한다

깊 은   밤 을

날   아   서

밤은 열두 폭 병풍처럼 현실을 가리고 나를 호위한다. 유리창을 바라봐도 내 얼굴과 나를 둘러싼 나의 실내를 되비출 뿐 외부를 보여주지 않는다. 밤은 그래서 모든 것들에 대해 "괜찮다 괜찮다" 말해주는 착한 아버지 같다. 그런 밤에는 우주로 이어지는 그물다리가 한순간에 생겨나기도 하고, 어린 날의 친구가 이민 가 살고 있는 지구 반대편 도시가 여기와 등을 맞붙이기도 한다. 모두가 잠들었음을 알기에, 깨어 있는 나와 너는 가느다란 전화선을 타고 유일하게 닿아 있다. 기억할 수도 없고 기억하기에는 맥락조차 없는 희미한 대화들을 오래도록 나눈 후에 전화를 끊으면, 나는 비로소 혼자가 된다.

깊은 밤을 날아서, 못 만나던 나의 심연이 나를 찾아온다. 심연에서는 물고기들이 통통해진 살을 자랑하듯 내 앞에서 헤엄친다. 작디작은 감정의 알갱이들을 심연에 비벼 뿌리며 물고기들에게 밥을 준다. 깊은 밤을 날아서 차마 못다 했던 일생의 말들이 속속 도착을 한다. 시베리아 횡단열차에서 우르르 내린 승객들처럼, 하얀 입김을 내뿜으며 여기저기의 입들이 동시에 속살대기 시작한다. 어느 얘기부터 들어야 할지 몰라 내

귀 둘은 수많은 알을 낳고 쑥쑥 자라난다.

깊은 밤을 날아서, 묵혀두었던 진실들이 불어 닥친다. 그냥 그런 거라 믿었던 것에는 '혹시'라는 제목을 붙인 채 논문을 쓰며, '혹시'라고 여겼던 것에는 '역시'라는 제목을 붙인 채로 소설을 쓴다. '역시'라고 여겼던 모든 것들은 내일부터 당장 실천이 가능하게끔 뼈대가 서고 살이 붙고 형체를 구체적으로 드러내어 생명에 가득 찬 호흡을 시작한다. 내일 아침, 해가 뜨면 나는 이 모든 것들을 새로이 영접하는 새 삶을 살게 될 거라는, 오롯이 모든 진실들을 파악한 자의 말간 얼굴이, 세상을 통째로 파악한 자의 자신감이, 이런 유의 진실들이 하필 오늘 같은 밤에 때마침 찾아와주었다는 포만감이 온 방안에 환하다.

깊은 밤을 날아서 찾아와주곤 하던 추억은, 골짜기와 골짜기의 계곡물처럼 추억과 추억 사이에 흘러가게 내버려두었던 하류의 돌멩이들마저 환히 비춘다. 추억이 삼부 이자처럼 부풀어 올라서 나는 횡재한 사람처럼 어리둥절하다. 갑자기 부자가 된 느낌이 들어서 황홀하다. 모든 추억을 쓰다듬으며, 내가 그렇게까지 형편없이 살아온 것은 아니었구나 하는 안도감에 턱을 괴고 혼자서 빙그레 미소를 짓고 있다. 젖은 돌멩이들을 건져서 손바닥 위에 올려놓으며, 체온으로 물기를 말리고는 돌멩이의 색깔과 무늬를 들여다본다. 온 세계의 무늬를 상징적으로 보여주고 있는 것만 같은 그 무늬에 홀려서 그만 넋을 잃고 온 우주를 방 안에서 펴보며 일요일의 조물주가 되고야 만다.

깊은 밤에 나는 온전히 내 감정의 주인이 된다. 내 감정들은 더할 나위 없는 충복이 되어 나를 섬기고 나를 따르고 나를 위해 무릎을 꿇는다. 차마 못할 말은 없고 차마 못할 일도 없어서, 길고 긴 문장을 어딘가에 적어놓으며 내일 아침 이 문장들로 인해 세상이 경천동지하고 난 이후에 나는 어떻게 처신해야 할지 미리 가늠해둔다.

이 순간에 뜬금없이 연락해오는 벗이 있다면, 그 벗에게 문장을 읽어주기도 하고, 그 벗이 그동안 나에게 얼마나 소중하게 마음속에 자리했는지 고백한다. 여태 그것도 눈치 채지 못했던 벗은, 나의 고백에 눈물겹

게 반가워하며 우리의 우정은 변하지 않는 금강석과 같음을 일찍이 믿
어왔다고 고백한다.

깊은 밤에는 어디든 날아갈 수 있다. 별들은 마치 이 밤의 진수성찬
위에 덧뿌려진 깻가루 같이 고소히 박혀 있다. 그 밤참을 성대히 받아먹
고서, 징검다리처럼 놓인 가로등을 경중경중 디더 밟으며, 나는 힘차게
깊은 밤을 날아다닌다. 잠든 옛사랑의 이마를 쓰다듬으러 가고, 돌아누
운 부모의 이불을 어깨까지 덮어주러 떠나고, 식은땀을 흘리며 악몽을
꾸는 어린 영혼들의 귓가에 평화의 메시지를 불어넣으러 날아다닌다.
졸고 있는 별들의 눈꺼풀을 닫아주고, 힘차게 솟아오르기 위해 숨고르
기를 하고 있을 태양을 마중하러 간다. 나뭇잎과 풀잎 끝마다 한 방울씩
이슬을 매달아주기 위해 일일이 허리를 숙이며, 나를 찾아와준 갖은 고
마운 것들에게 다른 밤에 꼭 다시 만나자며 배웅을 하기 위해 끝없이 손
을 흔든다.

밤새도록 오로지 진실과 진리를 직조하는 직물기계였던 나는, 숙제를

말끔히 끝내고 내일의 책가방을 머리맡에 미리 싸둔 어린아이와 같은 얼굴로 침대에 눕고 이불을 덮는다. 내가 직조한 진실과 진리가 조간신문처럼 아침 이슬을 묻힌 채로 집집마다 전달될 것만 같은 희망에 지나치게 설레어 쉽게 잠을 이룰 수는 없지마는, 나의 진리와 진실이 화폐처럼 통용될 내일을 담담히 겪어내기 위해서는 잠을 자두어야 하기 때문에, 나는 반듯하게 누워 두 손을 가슴에 모으고 나를 자장자장 재우기 시작한다.

22

다음 날 아침, 세상은 마치 출감한 자 앞에 누군가가 내민 두부 한 모처럼 반듯하고 깨끗하다

잔   인   한   아   침

* 이 장의 제목은 '산울림'의 노래 제목에서 빌려옴.

눈 뜬 아침. 간밤에 내가 어땠나. 어제의 일을 떠올린다. 간밤 꿈을 떠올리거나, 오늘의 할 일을 먼저 떠올리기도 한다. 그렇게 시작하는 아침은 때로 어제까지의 모든 삶을 전생의 일들처럼 저 멀리 아득하게 떨어뜨려놓곤 한다. 거울을 쳐다보며 양치를 할 때에, 비누를 다 닦아낸 물기 묻은 맑은 얼굴을 거울 속에 비춰볼 때에, 아침밥을 몸속에 구겨 넣느라 숟가락을 달각거릴 때에, 나는 비로소 이 아침이 전부터 친숙했던 어떤 아침이었음을 서서히 깨닫는다. 늦잠을 자도 되는 날은, 이불의 모서리를 투명하게 비추는 햇살을 멍하니 바라보다가 이 친숙함을 깨닫기도 한다. 손을 베개와 머리 사이에 고여 넣고 눈을 깜박이며 간밤을 떠올릴 때에, 힘을 쭈욱 빼고 반듯이 누워 천정을 응시할 때에 그런 순간이 온다.

이 짙은 친숙함은 처음에는 정체 모를 비참함으로 와 닿다가, 곧이어 정체가 분명한 자책으로 현현된다. 이 자책은 너무나 자주 만나왔기 때문에 친숙하기 짝이 없다. 하여, 자책의 서론이 시작된다. 어젯밤의 모든 행위들은 실수로 여겨지고, 어젯밤의 모든 가학적인 말들은 자학이 되고, 어젯밤에 오갔던 모든 진실들은 위선이 되며, 어젯밤의 모든 진리들은 죄책감으로 둔갑하며, 어젯밤 일기장에 적어둔 모든 문장들은 일곱 살짜리의 유치한 엄살이 된다. 그 모든 것들은 최상의 위악으로 둔갑하여 여행 가방처럼 단단하게 완성되고, 드디어 자책의 대장정은 시작되는 것이다.

기억이라는 녹음기를 리와인드해보며, 하나하나 점검을 할 수 있는 여유 있는 아침일수록, 대장정은 실크로드를 왕복하고도 남을 듯하며, 그럴 여유가 없는 아침일지라도, 현관에서 신발을 신다가, 버스 정류장에서 버스를 기다리며 가로수를 바라보다가, 지하철을 기다리며 자판기 커피를 빼다가, 땅속을 휙휙 지나가는 지하철 차창에 비친 자기 얼굴을 응시하다가, 심심풀이용으로 영화잡지를 보거나 문득 집어온 무가지의 구인광고를 보다가 할 때, 원수를 갚아달라고 뜬금없이 나타나는 장화와 홍련 자매처럼, 자책과 쪽팔림이라는 자매가 손을 잡고 나를 졸졸 따라다니는 느낌이 든다.

간밤에 술을 마셨다면 이 증상은 차마 말로 다하지 못하는 강도로 덮친다. 이때는 자책이 '쪽팔림'이라는 자매가 아니라, '저주'라는 어르신을 모시고 나타나기 때문이다. 하루를 아예 버리게 되거나, 너무도 바쁜 하루를 보내게 된다. 일단은 휘어진 안경다리를 손보아야 하며, 창밖 햇살에도 매를 맞는 통증을 살갗으로 느끼며, 어렴풋이 토막 난 기억들을 퀼트처럼 이어 붙이기 위하여 간밤에 함께 술을 마신 이에게 전화를 걸어서 "어젯밤 내가 집엘 어떻게 왔는지를 모르겠어"로 입을 연 후, 아주 조심스럽게 "내가 뭐 실수한 것은 없나"라는 질문을 시작하게 된다. 그때 전화기 너머에서는 "너 어제 왜 그랬어?"로 말문을 열기 시작한다. 내가 했던 실수들이 눈처럼 뽀얗게 나의 어깨 위에 내려앉기 시작하면, 자신이 마치 격리 수용되어야 할 전염병 환자처럼 여겨지며, 아무리 그게 자기 자신일지라도, 가까이하고 싶지 않은 경계심이 생긴다. 게다가 이 모든 얘기를 낱낱이 전해주는 전화기 너머의 그 사람마저도 경계해야 할 사람으로 점지된다. 왜냐하면, 희미한 기억이지만 나는 분명코 지구의 자전 속도를 느꼈던 어젯밤의 어느 순간부터 술을 그만 마시고 집으로 가자는 제안을 했을 것만 같기 때문이다. 기어이 술이 다 떨어지거나 술집주인이 문을 닫겠다고 말해올 때까지 앉아 있자고 한 사람은 그쪽인 것만 같기 때문이다. 희미하나마, 기분 좋은 교감이 술상 위를 다녀 갔고 그래서 함께 깔깔 웃으며 친밀감에 이마를 맞대던 영상이 남아 있기 때문에, 전화기 너머의 바로 그 사람이 괘씸하게 여겨지는 것은 당연 하다. 친밀했던 김에 한 발짝 더 나아가서 그간에 마음속에 쌓아둔 불만을 약간의 욕설을 섞어서 해보았을 뿐이건만, 그 모든 것을 참 교류로 나 아가기 위한 해소로 보아주지 않고, 술을 못 이긴 객기로만 받아들이다 니, 그래서 이토록 쩨쩨하게 낱낱이 나에게, 내 자신의 죄를 일러바치고 있다니, 그 목소리가 원망스러울 수밖에 없는 노릇이다.

복통과 두통으로 육체는 지구 최후의 분단국가가 된다. 삼엄한 경비 태세를 갖추고 보초를 서고, 시도 때도 없이 경계경보 사이렌이 울린다. 복통은 참회의 몽둥이를, 두통은 자학의 몽둥이를 휘두른다. 어차피 자책 과 저주로 시작된 하루, 때려주는 대로 실컷 그 매를 다 맞고 만다.

그리하여 다시는 술을 마시지 말자는 굳은 결심을 하지만, 해질 무렵,

노을이 찬연히 깔릴 때에, 모든 죄를 용서받고 싶어 간절할 때에, 무슨 일도 손에 잡히지 않을 그때에, "술 한 잔 할래?" 하는 친구의 전화가 걸려온다. "그래, 가볍게 딱 한 잔만 하자"는 대답은 그러나 지켜지지 않는다. 지난밤의 과오를 되짚기 위하여, 아침부터 이어졌던 릴레이식 자기 저주의 마법을 풀기 위하여 치러지는 속죄의식으로서의 술 마시기는, 그러나 어젯밤과 똑같은 밤을 만든다.

"술 한 잔 할래?" 하는 친구의 전화가 없었을지라도, 쓸쓸히 집에 들어가고 나면, 저도 모르게 달각대며 라면을 끓여 냄비째 모시고 앉아, 냉장고에서 꺼내온 소주병의 뚜껑을 딴다. 나 아니면 누가 나를 달래랴 싶은 마음으로 시작된 혼자 술 마시기는, 우울을 끝까지 확장시킨 다음에, 우울이라는 손님을 받아들이고 함께 살자며 방을 하나 내어줄 때까지 계속된다. 그러나 아무리 마셔도 취하지는 않아서, 헛일했다는 공허함으로 뱃속이 허하게 채워진다. 고통으로부터 도망치는 지름길을 알려주던 "술, 너마저……." 하는 배신감. 이 기분은 최후까지 믿었던 자에게 당하는 배신과도 같이 내 자신을 오롯하게 만든다.

다음 날 아침, 세상은 마치 출감한 자 앞에 누군가가 내민 두부 한 모처럼 반듯하고 깨끗하다. 따끈따끈한 김이 올라오는 듯도 하다. 그리고 나는 그 두부 속으로 걸어 들어가며 갱생의 아침을 맞는다.

23

실은 아주 섬세히 모든 걸 관찰하지만, 모르는 척한다

무 심 함 의

일 곱 빛 깔

따뜻한

무심함

그는 열 번 중에 딱 한 번의 기회를 아주 잘 포착하는 귀신이다. 아홉 번은 무심하다가 정말 필요한 순간에 다가와 위로 한마디를 툭 던진다. 대개 '거봐'라고 시작되는 걱정 한마디다. '거봐'라는 한마디 때문에, 무심한 줄 알았던 그가 꽤 오랫동안 내 문제를 속으로 걱정해왔겠구나 감동하게 한다. 그는 그 어떤 말들도 효력이 없다고 믿는 편이어서, 말을 아껴왔다가 슈퍼맨처럼 가장 중요한 순간에 나타나준다.

호방한

무심함

남들이 오늘은 무슨 옷을 입을지, 오늘은 어떤 음악을 들을지, 어느 식당이 음식을 맛있게 하는지를 생각해두는 순간에 그는, 우주는 어떤 방식으로 팽창하는지, 지구의 종말은 어떤 형태로 닥칠지, 세계 인류의 언어는 몇 종이나 되는지, 다음 차례의 빙하기는 몇 년도에 시작될지를 생각해두느라 바쁘다. 호방함은 간혹 도를 넘어서, 당구를 칠 때에도 옆 당구대로 공을 훌쩍 넘겨버리고는 공이 사라지는 묘기가 가능해졌다고 기뻐한다. 그에겐 당구대는 물론이고 이 우주가 너무 좁다.

이기적

무심함

그는 오직 자신의 일에만 열중한
다. 지구상에 희망을 남기기 위해서
가 아니라, 세상 돌아가는 것을 통
알지 못해서, 지구가 멸망할 때도
하던 대로 사과나무를 심을 것이다.

유니크한
무심함

그는 조개를 벌리기 위해 돌을 들며, 조개를 배에 올려놓기 위해 누우며, 조개의 속살을 꺼내기 위해서만 손을 사용하며, 먹기 위해서만 입을 벌리는 수달과도 같다.

작전상

무심함

관계의 질량보존의 법칙을 믿고 적극 활용하려는 그는, 스스로가 무심해야 그쪽에서 관심을 드러내리란 계산을 철저히 하고 있다. 실은 아주 섬세히 모든 걸 관찰하지만, 모르는 척한다. 도무지 선물이라는 것을 건네지 않을 것 같은 그이지만, 그 관찰의 힘으로 발에 꼭 맞는 신발을 사줄 수 있을 만큼 예리하다. 일부러 무심해 보이기 위해, 대화를 하면서도 창문 쪽을 응시하지만, 자신의 얼굴을 비춰 보며 자신의 표정과 헤어스타일 같은 것을 슬쩍 점검해본다, 잘 보이고 싶어서.

무심한

무심함

겸연쩍기 때문이다. 진지한 것도 열정적인 것도 성취하는 것도, 오직 낯간지럽기 때문이다. 정색하는 모든 순간이 끔찍하기 때문이다. 그러다가 무심함에 익숙해져서 그 방면에 관한 한 일인자가 된다. 그는 그래서 소탈해질 수밖에 없다. 일상의 허접함도 괜찮으며, 그저 그런 삶에 식구들의 눈총이 따가워도 뭐가 어떠냐고 소탈하게 웃어 보인다.

무심하기엔
너무
쩨쩨한
당신

스스로에게 예민하느라 타인에겐 도무지 신경 쓸 겨를이 없다. 그래서 남이 보기엔 무심하고 무딘 사람이나, 스스로는 예민한 사람이라 자부한다. 그런 사람의 주변에는 대개 피해를 입은 사람들이 속출한다. 간혹, 그 주변인들은 험담의 야쿠르트를 마시며 상처의 반상회를 열기도 한다. 그래도 그들의 상처란, 야쿠르트 한 병치의 용량이기에 "무심해서 그랬을 거야"라고 합의한 후 가뿐히 해산한다.

24

이제는 쇠락의 풍경을 목격하는 일만큼 미학적인 것은 없는 거 같습니다

시   간,

박 약 한   세 계 에   주   는

은   총

십대

너는 혼자 있지 못해서 몸살이 나 있고, 혼자인 게 싫어서 병이 나 있다. 혼자 있고 싶을 때는 방해를, 친구와 붙어 있고 싶을 때는 감시를 하는 그들이 친부모가 맞나 싶은 너의 그 눈빛은 언제나 불만으로 휑하다.

나는 너의 그 눈빛에 껄껄 소리 내어 웃는다. 지각하고 화장실 청소를 도맡은 패배자의 서글픈 모습 하며, 수학시험을 망치곤 연필을 집어 던지며 세상의 부조리를 힐난하는 모습 하며, 아는 것보다 모르는 게 더 많으면서도 세상을 거칠게 요약해버리는 터프함 하며. 친구하고라면 지옥불에도 뛰어들 것 같은 막무가내, 지우개를 빌려주지 않는 친구를 금세 적으로 간주하는 변덕, 어른이 되어봤자 허무한 생을 구가할 뿐이라는 대범한 허무는 또 어떻고. 인생이 싫다면서, 수첩에다 갖은 색깔에 갖은 스티커를 붙이며 하루하루를 깜찍하게 점묘해내는 그 섬세함. 친구에 온 마음을 다하는 것으로도 모자라 근사한 음악에 온 귀를, 근사한 배우에 온 눈을 주는, 도저히 말릴 수 없는 몰입. 속된 선생과 유치한 학생으로 바글거리는 학교를 미친 곳이라고 주저 없이 말하는 냉철함. 일상은 비참할 정도로 단조롭고 안이하지만, 감정선만큼은 대담함과 섬세함을 가장 크게 그리는.

너를 바라보면 꼭 어렸을 때의 나를 보는 것만 같아서, 추억이라고 하는 쓸쓸한 긴장감들이 따뜻한 긴장감으로 치환된다. 추억과 실재의 간격을 뚫어지게 인지하고 있는 내가, 감정과 현실을 뚫어지게 인지하고 있는 너에게 동지애를 느낀다고 한다면, 너는 재수 없다 할까, 반가워할까. 이쁘다고 말해주고 싶다, 너에게. 그때 그 불만투성이의 노여움과 서러움으로 가득한 내 눈빛을 보고 이쁘다고 해준 사람이 아무도 없었기 때문에 더더욱. 위험하지 않다고 말해주고 싶다, 너에게. 누구나 그런 것이니까. 그때 그렇게 하지 않으면, 다른 어느 때라도 그렇게 하게 될지 모르니까. 부모의 회초리를 맞아가며 그렇게 하는 게 그나마 덜 쓸쓸하니까.

십대는 감정을 일일이 실천해내는 무모한 맛으로 사는 거다. 네가 미리 겁먹을 만치 이 세상은 그리 대단하지 않다. 사람들이 떠벌이는 것처럼 그렇게까지 요란하지도 않다. 단지 그럭저럭 흘러가는, 고수부지에서 바라보는 강물 같다. 너도 그걸 알고 있기에 자전거를 타고 고수부지로 달려가 강물을 바라보는 것은 아닌지. 그러다가 강물에다 캭, 하고 침 한 번 뱉고 돌아서는 것은 아닌지.

이십대

인간의 생물학적 고독에 대해 이해를 했으면서도 그대는, 어두운 숲 속에서 눈을 감고 기도한다. 이것이 가설에 불과하기를. 그대는 터널처럼 외로운 날들을 통과하며, 터널 밖의 외로움이 더 헛헛할까 봐 미리 불안해하고, 그 터널 속에서 손전등이 방전될까 봐 더더욱 불안해하지만, 또각또각 일보일보 전진한다. 그대에겐 모든 유년의 기억도 한꺼번에 불어 닥치고, 해내야만 할 일도 한꺼번에 불어 닥친다. 비와 폭풍우 속에서 그대는 그대 몫의 생에 무책임하고 싶어지고 동시에 완벽하게 책임지고 싶어져서, 폭풍 전야처럼 하루하루 비장하고, 폭풍에 내맡겨진 나무들처럼 흔들린다.

그대는 마음을 어디 두고 온 것 같이 멍청하기도 하고 태연하기도 하다. 먼 곳을 응시하는 것 같은 눈이지만 현실을 흘낏거리는 자신 없는 눈빛. 아무것도 위하지 않는 것 같은 고집과 자기 자신만을 죽어라 돌보는 집요한 몸부림. 나른한 오후의 구름 밑을 패배자처럼 걷는 발길. 밤이 이슥할 때면 이빨을 가는 표독한 모습. 새벽이 되면 허기로 중무장한 허무한 자세. 끝장을 만져본 듯한 손길로 그대는 천천히 운동화 끈을 매고 허리를 편다. 독방에 몇 년 동안 수감됐던 사람이나 가질 법한 사람에 대한 그리움이 그대의 표정엔 있다. 그 그리움의 표피 속에는 살생과 식인의 감정이 알갱이처럼 감춰져 있다.

질서와 의외성이 우리에게 즐거움을 준다는 프랙탈의 이론에 그대는 밑줄을 치면서도, 자신의 내면을 관장하는 질서에 대하여는 뉘우치고, 자신의 개성을 진두지휘하는 의외성에 대하여는 망설인다. 그것 때문에 언제나 난처하고 초조하다. 그대는 그래서 그대의 아름다움을 모른다. 그대를 아름답게 하는 것이 푸르게 젊은 그 육체가 아니라 그 모든 허기와 갈증임을 그대는 도통 모른다. 말해줘야만 겨우 확인 가능해지는 그 비루한 흔들림을 알기에, 부드럽고 달콤한 칭찬 한마디를 건네면, 순정을 다해 환하고 짧게 웃는다. 아이스크림과 치즈케이크와 초콜릿과 와플 앞에서처럼. 그대는 젊은 육체를 과신하는 그만큼, 자괴감이 들릴락 말락한 목소리로 호명하고 있을 그대의 가능성에 대해서는 과소평가한다. 그래서 언제나 버거운 상대와 겨루고 있는 듯한 팽팽함과 피곤으로 인해 한숨을 푹푹 내쉬며, 날을 세운 감정들이 식은땀처럼 얼굴에서 뚝

뚝 떨어진다.

혼자 앉은 방에서 그대는, 하루 종일 삼켜둔 말들을 빈방에 뱉어내며 짐승처럼 포효할지도 모른다. 따뜻한 것은 목욕물이 유일했으며 차가운 건 자신의 피가 유일하다고, 애써 우겨 말할지도 모른다. 이런 것들에 둘러싸여 격렬히 격렬히 춤을 추며 밤을 보낼지도 모른다. 때로는 씨를 뿌리는 농부처럼 눈물까지 뿌리기도 하면서, 빈 벽에 두 팔을 뻗어 포옹의 제스처를 하거나 입술을 대어보면서.

새벽, 창문 바깥에서는 반투명한 블루 바탕의 하늘에 돌아다니는 하얀색들의 이미지가 펼쳐진다. 푸른 빛 속에서 토끼들이 불안하게 뛰어다니는 것이다. 그리곤 그대는 복수형이 되어 노트에 위로의 말들을 주문처럼 쏟아놓는다. "토끼들아, 잘 뛰어라. 하루 종일 굶었어도 사냥꾼들이 독을 발라놓은 너의 똥은 집어먹지 말거라. 토끼들아, 멀리 뛰어라. 우리들의 고통이 사회적인 고통이 될 때까지, 피할 것은 피해가며, 예민하게 아파하며 뛰어라. 내일이면 또다시 소심찬 하루가 시작된단다."

삼십대

이따금 나를 찾아오는 그녀는 언제나 삼십대다. 늙지도 않는다. 등이 휠 것 같은 삶의 무게를 견디느라 언제나 독이 오른 모습이다. 견딘다는 뜻으로의 '독'은 체념의 냄새하고 비슷하다. 그 체념의 자세는, 그러려니…… 하는 포기도 아니고, 어찌할 수 없음에 대한 단념도 아니고, 한 쪽을 손에 쥐기 위해서 다른 한쪽을 놓는 선택도 아니고, 그 너머에 광폭한 허무가 난무하리라 생각되는 징후 같은 것도 아니다. 무언가를 운영하는 듯하지만, 안간힘으로서가 아니고, 운영의 묘가 이미 몸에 배어 있어버려서 아무것도 운영하고 있지 않은 듯한 태도. 바람 한 점 없는 날씨 같은. 곧 먹구름이 끼어도 상관없고, 곧 억수비가 쏟아져도 상관이 없는 듯한 무심. 그러면서도 어쩔 수 없는 미세한 진동과 떨림이 있는. 서러움을 속옷으로 껴입은 듯한 추위가 있는. 어떤 순간에도 겉옷을 벗지 않을 무뚝뚝함.

그녀의 겉옷은 언제나 초라했다. 보풀이 표면을 전부 덮고 있는 스웨터며, 무릎이 튀어나온 기지바지며, 모서리가 닳아서 희끗희끗한 가죽 가방이며, 발의 형태대로 늘어나고 걷는 모양대로 주름이 진 구두며. 그

초라한 겉옷들은 그러나 삶을 가누기 위해서 그녀가 선택한 자기만의 스타일이었다. 그녀는 체념이라고 하는 가장 안전한 형태의 구원을 선택한 듯 보였다. 그 안에서 살면서 남자를 기다리고 남자를 보내곤 했다. 세파에 휘둘다가 돌아온 남자를 씻기기 위해 물을 받으러 수돗가로 나가서, 찰방찰방 물이 넘치는 양동이를 양손에 들고서 잠깐 하늘을 올려다보곤 했다. 장독대 위에서 희미한 가로등에 비친 골목의 그늘을 내려다보곤 했다.

처음 그녀를 만났을 때에, 나에게 그녀는 언니였다. 까마득하게 나이가 많은, 아무리 기다려도 그 나이가 도저히 되지 않던 어린 나에게 그녀는 엄마라도 되는 양, '나처럼은 살지 말어'라고 속삭여주는 것만 같았다. 그러나 나는, 그녀하고 나이도 비슷하고 살고 있는 모습도 비슷한 친구 시절을 마악 지나왔다. 우리는 봄바람에 휘날리는 연분홍 치마가 서럽게 여겨지고, 꽃이 피면 같이 웃고 꽃이 지면 같이 울던 한 시절의 알뜰함이 실없었음을 깨닫는 나이다. 그래서 그녀가 나를 찾아올 때마다 나는 묻곤 한다. 삼십대를 관통해 나가기 위해서 여자는 어떠한 누더기를 걸쳐야 하느냐고. 네가 걸친 그 현명한 누더기는 한번 걸치면 영영 벗을 수 없는 것이냐고.

여자는 발목에 방울을 채우고 태어나는 것임을, 그녀를 통해 처음 알았다. 나에겐 까마득한 일이지만, 방울 소리가 나지 않도록 움직이지도 않던 세월도 있었고, 방울 소리를 내지 않고 살금살금 걸어보려 애쓰던 세월도 있었고, 에라 모르겠다 하며 요란하게 방울 소리를 내며 싸돌아다니던 세월도 있었다. 방울 소리가 시끄러워서 귀를 틀어막던 한 시절이 지난 후에야 나는 그 소음을 숨소리처럼 그냥 편안하게 듣고 살게 되었다. 그녀는 너무 큰 방울을 차고 있다. 그래서 그녀는 걸을 때마다 아주 낮고 크며 여운이 긴 소리를 남긴다. 그 가냘픈 발목 뒤에서.

이제 그녀는 나에게 동생이다. 그리고 더 많은 세월이 지나면 딸과 같은 나이가 될 것이다. 그렇게 되기 전에 그녀에게 묻고 싶다. 한 시절 열망하고 열망하던 어떤 것이 일순간 맥없이 무의미하게 느껴질 때 무엇이 보였는지를 말이다. 무의미함의 자리를 대신할 어떤 커다란 깨달음 같은 것 말고, 오랜 열망의 결실이 무의미 그 자체일 때에 어떤 것이 보였는지를. 그 깨끗한 체념의 얼굴로 그녀가 대답을 해주면 참 좋겠다. 무의미함이 가장 알맞은 형태의 유의미함임을. 막연하게 그러리라 내가 짐작하고 있는 이따위 말고, 그녀가 살아냈던 또렷한 흔적들을 통해서 말이다.

사십대

선생님, 오늘은 폐사지를 보고 왔습니다. 아름다웠습니다. 한때의 영화로움을 이끼 낀 주춧만이 대신하는 그 폐허가 다정했습니다. 등에 업은 경치와 입구에 심겨진 수백 년 수령의 나무가 영화로움을 비유적으로 나타내고 있었습니다. 거기엔 아무것도 없었고, 빨래를 걷어놓은 마당의 빨랫줄처럼, 지평선 하나만이 그려져 있었습니다.

이제는 쇠락의 풍경을 목격하는 일만큼 미학적인 것은 없는 거 같습니다. 어느덧. 더 이상의 영화榮華 따위는 지구상엔 존재하지 않을 듯하고, 어떻게, 어떤 속도로, 어떤 방향으로 쇠락해가는가만이 남은 몫처럼 보입니다. 이것은 영화로 치닫는 것과는 비교할 수 없이 멋진 노선입니다.

제 심장에도 비슷한 자리가 있습니다. 사랑을 비워낸 자리, 사랑에 준하는 갖은 격렬함을 비워낸 자리, 태초부터 비워져 있었으나 한 번도 조명을 해준 바 없는, 구석의 진짜 빈자리. 차마 표현하지 못한 채로 비워져 있는 문장의 자리. 안타깝고 어리석게 모든 것을 쏟아서 문장을 쓰고, 그리고 지워버린 자리.

오늘은 가누지 못할 정도의 열이 났습니다. 식은땀과 고열 속에서 신음하면서, 내 몸은 도대체 얼마나 안정을 되찾고 싶기에 이렇게 강력한 호소를 해대고 있을까, 몸에게 가만히 마음을 기울여 보았습니다. 몸도 나잇값을 하는지, 나이만큼 의연해지는 것 같습니다. 어쩌면 누워 있어서는 안 된다는 저의 갖은 의무들이 몸을 살아나도록 돕는지도 모르겠습니다.

　스무 살 제자 애가 전화를 걸어 안부를 묻기에, 이 몸 이야기를 해주었더니, 자기는 몸이 아니라 마음이 가끔 그런 호소를 한다고 말합니다. 자신에 대한 관심과 불안에 날마다 피곤해서 마음에서 열이 난다고 말합니다. 나는 내 마음에게는 이젠 무관심하다고 말해주었습니다. 그럼 어떻게 글을 쓰느냐고 그 애는 묻습니다. 나를 이렇게 빤히 아는데 나한테 무슨 관심이 있을 수 있겠느냐며 웃어넘겼습니다. 나를 잘 몰랐던 시절, 내가 바라는 내 자신과 감추고 싶은 내 자신 중 어떤 것이 진짜 나인지 알기가 두려워, 일부러 혼탁하게 섞어놓았던 그런 시절이 내게도 있었습니다. 그렇게 혼란스럽게 나를 뭉개놓은 다음에 나는 내 자신에게 지독한 관심을 가졌더랬습니다. 아주 오래전의 일입니다.

꿈이 휘발되고 나니, 남아 있는 생이, 식어버린 라면 국물 같다고 생각한 적도 있습니다. 그래도 사랑이란 것을 받아본 행복한 시절도 있었으므로, 지옥문을 열어젖히듯이, 용기를 한껏 내어, 만용에 만전을 기하여, 그렇게 사랑했던 순간도 있었으므로, 내가 몸담고 있던 그 세월들이 처절한 지옥을 모사하던 시간이었대도, 아무 상관이 없던 시절이었습니다. 지금도 아무 상관이 없습니다. 어차피 꿈꾸어왔던 행복은 이미 다녀갔으니까요.

그때에 저는 최저낙원이 아닌, 최상의 지옥을 선택하고 싶어 미칠 지경이었지만, 지금은 그 불안했던 열망의 자리에, 너절한 생의 타성이 사 들여온 '안정'이라는 기성품이 있습니다. 그 기성품을, 한 번도 탐내어본 적 없던 '신뢰'라는 옷걸이에 걸어두었습니다. 아무리 생각해도 나는 내게 믿음이 갑니다. 가끔은 그 믿음을 흔들어보고 싶어서 오늘처럼 약속을 모두 방기하고 실컷 앓아보기도 하는가 봅니다.

나는 더 이상, 나를 사랑하는 힘으로 글을 쓰지 않습니다. 거짓말투성이의 세상과 인간 너머의 세계를 보기 위해 애쓰며 글을 씁니다. 이것은 궁극적으로 사랑을 완수하기 위해 글을 쓰는 거라고 해둘 수도 있습니다. 선생님도 언제 어느 때에 스스로에게 흥미를 잃게 된 적이 있으실까요. 그랬다면, 그때 그 자리를 무엇으로 채우셨을까요.

폐허를 최저낙원으로 받아들이며 사는 이 자세가 그렇다고 달관 비슷한 거라고 생각진 않습니다. 그저, 터널에 갇혀 깜깜한 것은 나 혼자만이 아님을 조용히 긍정합니다. 어둠 속에 갇혀서도 한사코 어둠 자체가 되는 일만큼은 철저히 거부합니다. 이 부분에 대해 내가 얼마나 능란한지에 대한 자랑스러움보다는, 내가 얼마나 못 미치는지에 대한 안타까움을 더 내세우게 됩니다. 이 나이, 안타까움에 관한 한 기고만장할 나이니까요.

가을이 어서 왔으면 좋겠습니다. 이 열렬했던 여름이 쇠락하는 모습을 보고 싶습니다. 기왕이면 갑작스레 빨리 왔으면 좋겠습니다. 쇠락은 갑작스레 빨리 닥칠수록 더 멋지니까요.

25

해질 녘이 되어도 한가롭게 날기나 하는 하루살이처럼 하루하루를 탕진했지

여 행 은 어 땠 니

* 이 장의 제목은 '3호선 버터플라이'의 노래 제목에서 빌려옴.

내가 보낸 엽서는 받았니. 여행을 가면 엽서를 보내게 되는 사람이 있다. 많이 반가워하지도 않고 동시에 조금도 뜬금없어하지 않을 사람. 그런 사람이 내 엽서를 받는 것에 대해서 나는 흐릿한 수줍음만 있을 뿐, 그냥 무언가가 몹시도 그리운 날에, 누군가에게 엽서를 쓴다.

그런 날은 엽서를 쓰는 데에 하루를 다 쓴다. 아침에 일어나 식사를 하며 먼 하늘을 바라보다가 오늘이 며칠인지를 생각하지. 그리고 오늘은 무얼 해야 하나 생각한다. 갈 만한 곳은 다 가보았고, 그렇다고 여기를 떠나 다른 곳으로 가고 싶지는 않는 날에, 오늘은 엽서를 써야겠다 생각한다. (이런 날은 내가 내게 '너 오늘 외롭구나?' 하고 묻지만, 못 들은 척한다.) 지도를 펴고 우체국이 어디 있는지를 확인한 후에, 묻고 물어 우체국에 간다. 그리곤 우체국 근처 어딘가 앉을 데를 찾는다. 계단 같은 곳에 걸터앉을 때도 있고, 찻집을 찾아갈 때도 있다. 오직 엽서 한 장을 쓰기 위해서 카페 문을 열고 들어가, 커피 한 잔을 시키고 테이블 하나를 차지한다. 오래오래 걸려서 엽서를 고르고, 오래오래 걸려서 검정 펜 한 자루를 산다. 엽서를 쓰는 것이 좋은 건, 내가 곧 잊고 말 문장을 적을 수 있다는 거다. 아마도 그 문장을 더 오래 기억할 사람은 네가 될 테지.

아마도 그 내용은 내가 얼마나 꿋꿋하게 이 여행을 꾸려가고 있는지에 대한 자랑일 테지. 그럼에도 불구하고 내가 얼마나 막연하게 무언가를 그리워하고 있는지가 배면에 스며 있겠지. 그냥 그것은 외롭다는 것인데, 외롭다는 것을 절대로 발화해선 안 되는 공간이 있다면 아마도 혼자서 떠난 여행지일 거다. 특히 여행이 끝나갈 즈음에는 번번이 지독하게 외로워져서, 나의 두 눈으로는 세상을 도저히 볼 수가 없을 정도가 된다. 그럴 때는 무조건 카메라를 통해서만 세상을 본다. 거울에 내가 비치면 꼭 나를 찍어주기도 한다. 그렇게 해주어야 내 표정이 조금은 담백하게 바뀌거든. 그럴 즈음이면 3등석을 끊어서든, 낯선 곳에서 갈아타서든, 큰 도시로 옮겨간다. 집으로 나를 싣고 가줄 비행기가 뜨는 도시로.

마지막 도시에서는, 매일 저녁 영화를 보러 가고, 매일 밤 사나운 음악을 연주하는 클럽에를 간다. 돌아오는 길에는 일부러 먼 길을 에둘러

걸어, 연인들이 올망졸망 나와 앉은 광장이나 공원이나 해변을 찾아간다. 연인들이 허리를 부둥켜안고 있는 걸 못 본 척하면서 쳐다본다. 그럴 때면 어느 한가한 할아버지 한 분쯤이, 호기심을 호주머니에 찌른 채로 어슬렁거리는 남자 애들이, 풍선이나 바람개비 같은 것을 파는 장사꾼 아저씨가 말을 붙이며 다가온다. 그 사람들과 별 것 없는 이야기를 나눈다. 나는 주로 묻는 말에 짧은 대답을 하면서, '당신은요?' 하고 받았던 질문을 던진다. 갓 세상에 나온 자식 자랑이 하고 싶을 때에 그들은 대개 '자식은 있니?' 하며 묻기 때문이다.

너에게 그 엽서를 썼던 날은 폭탄테러가 있었다. 66명이 사망을 했다고 한다. 내가 묵던 곳과 그리 멀지 않은 곳이었다. 엽서를 쓰던 좁은 카페에서 내 앞에 앉아 합석했던 프랑스 흑인 여자들이 알려준 사실이었다. 그 여자들은 나에게 장미꽃을 주었다. 살아남아 축하한다고. 그들이 가고 나서 네게 쓴 엽서에다 렌즈를 대고 나는 사진을 찍었다. 다음날 곧장 항공사로 찾아가서 돌아갈 날짜를 앞당겨 좌석 대기 접수를 했다. 도심 한가운데에 있던 대학에 찾아가서 알아들을 수 없는 강의도 청강했다.

어떻게 해서든 시간을 때우고 싶었다. 아이스크림 파는 가게에서 중학생들과 수다도 떨었다. 차를 파는 길거리 아저씨와도 오래 얘기를 나눴고, 주차단속을 하는 경찰 아저씨하고도 오래 얘기를 나눴다. 잠이 오질 않아서 매일 새벽, 택시를 타고 해변의 끝에서 끝까지 종단을 했다.

무슨 일이 일어나길 바라기도 했지만, 아무 일도 일어나지 않았다. 단지 돌아갈 날짜를 앞당기는 일이 내 뜻대로 되질 않았다. 그리고 며칠 후 나는 여름옷을 입고 인천공항에 도착하여 기내용 담요를 둘러쓰고 한파를 뚫고 집으로 갔다.

내가 태어난 곳은 관광지였다. 그것도 유명한. 봄철과 가을철엔 관광객으로 온 도시가 들떠 있었다. 수학여행 인파가 온 도시를 점령하고 돌아다니면, 우리는 이방인이 되곤 했다. 그들의 낯선 언어가 귓가에 쟁쟁했고 우리는 주눅이 들어 있었다. 몇몇은 화랑의 후예를 대표하는 어린이로 뽑혀서 관광지에 배치되었고, 나는 천마총으로 보내졌다. 한복을 입고서 앵무새처럼 외운 문장으로, 천마총에 대해 설명했다. 누군가가 금관의 둘레가 왜 저렇게 크냐고 질문했다. 신라 사람들이 원래 두상이 컸는지, 두상이 큰 자가 임금이 되었는지를 내게 물었다. 나는 그 자리에서 울음을 터트리고 말았다. 들떠 있던 그들이 던진 돌에 엉뚱하게 맞아서, 얼어 있던 어린 날의 나는 울어버림으로써 관광지의 부조리를 호소했다.

여행자는 여행지에서 현란한 메뉴들로 포식하며, 주지육림에서처럼 논다. 그곳에서 살아가는 사람들은 멀찌감치에서만 밋밋하게 바라보던 온갖 유적지에서, 그저 미끄럼을 타고 놀고 돌팔매질을 하며 뛰어놀 뿐이던 그곳에서 기념사진을 찍고 조야한 기념품을 사느라 야단법석이다. 관광지에서 태어난 비운 때문인지, 나는 어디서든 조용한 여행자가 되려고 무진 애를 쓴다. 작은 음식점에 들어가 구석 자리에 앉아서 음식을 먹고, 조용히 웃으며 맛있었다고 말하고 나온다. 특히나 여행지에서 만난 꼬마 애에게 귀엽다고 쓰다듬지 않고, 더더욱 엉뚱한 질문 따위는 하지 않는다. 자유를 만끽하는 것도 여행의 한 방법이건만, 번번이 자유의 올가미를 고분고분하게 쓰고서, 느린 발걸음을 옮겨 게스트하우스로 돌아와서, 난방이 안 되면 안 되는 대로, 뜨거운 물이 안 나오면 안 나오는 대로 고스란히 불편을 견딘다.

　여행은 어땠느냐고……. 해질 녘이 되어도 한가롭게 날기나 하는 하루 살이처럼 하루하루를 탕진했지. 그 재미는 눈물 나게 좋은 거더라. 하루 는 이렇게 쓰는 게 옳다는 조용한 희열도 찾아오니까. 이렇게 일생을 쓰 는 것도 좋은 방법일 거란 생각에 혼자 빙그레 웃곤 하니까. 아무것도 하 는 일이 없는 하루 끝에서, 나는 번번이, 내일부터는 위험하자고, 더할 나위 없이 위험하자고 스스로에게 주문을 거는 것에서부터 시작하여, 내가 여기 왜 와 있나 싶은 마음, 뻔히 다 아는 삶의 비의를 이 먼 곳까지 찾아와서 바라봐야 했을까 싶은 기분까지를 오간다. 이런 식의 농밀한 꿀꿀함의 총합은 그럭저럭 홀연한 깨달음과 끝과 끝에서 만나는 느낌마 저 든다. 그 기분, 꽤 괜찮더라.

26

그러니까 이 시대의 사랑은, 제정신인 상태로 발화하는 살을 깎는 진실

당 신 의　　　　저 쪽　　　손　과

나 의　　　　이　　　　손 이

당신의 그림자와 내 그림자가 봉합된 채

이 조그만 지구에 그늘과 밤을 수천 번 드리울 때

우리 뒤에 깔린 반듯한 비단길을 아무도 걷지 말거라

벼랑 끝 노을이 우리 이마에 새겨주는 불립문자를

아무도 읽지 말거라

—졸시, 「당신의 저쪽 손과 나의 이 손이」 부분

우리는 사랑을 모른다. 시니컬하게, 혹은 건방지게, 혹은 진심으로 겸손하게, 사랑을 모른다고 말한다. 그러면서도 사랑이 어딘가에는 있다고 생각한다. 수많은 문학과 노래와 영화가 사랑을 알렸고 우리는 무작정 눈치 채고 말았으므로, 그런 사랑이 어딘가에는 있을 거라고 여긴다.

운동선수의 백넘버처럼 서로의 가슴에 새겨진 N극과 S극, 지상 어딘가에 존재할 것만 같은 도플갱어를 찾아내는 숨바꼭질 놀음, 열정을 질병처럼 형상화하는 몰골, 연애박사가 짝을 바꾸며 추는 포크댄스, 몸 바쳐 마음 바쳐 도시락 폭탄을 던지는 구국열사와도 같은 희생정신, 그 정신으로 매일같이 싸주는 눈물의 도시락, 극락의 지옥 속에서 벌이는 활극, 남녀가 지배와 피지배의 관계로 고착되어 벌이는 전쟁과도 같은 양성 간의 투쟁……

빨려 들어가 있는 와중에는 그 힘의 지배에 쾌재를 부르는 것, 빠져나오는 여정에서는 느슨하고 허전하여 되레 몸 둘 바를 모르게 헛헛해하는 것, 그 때늦은 후회를 돌아보며 사랑이었다고 명명해주는 예의 바른 것, 혹은 돌아서고 나서 증오가 남는 것, 그 모든 일정을 끝내고 허무를 맞본 후에 갱생을 꾀하는 우리 삶의 의지…….

우리는 살면서, 인류가 겪은 사랑의 역사를 각자가 개별적으로 요약한다. 그리스시대처럼 동아리 안에서의 단짝에게 영원을 약속하며 준거집단에서의 소외감을 외면하는 데에 사랑을 쓰기도 했으며, 고대사회가 쾌락의 노예가 된 이후에야 도덕개념을 발명했듯이 절제된 도취로 짝사랑의 편지를 쓰며 긴 밤의 첨예해진 감수성을 연마하기 위해서도 사랑을 차용했으며, 사랑의 묘약을 마셔버린 중세의 주인공처럼 무거우리만치 장전된 열정을 소진하기 위해서 사랑을 이용하기도 했다. 고독으로부터 해방되기 위한 출구로, 영원을 믿어보기 위한 실험으로 사랑을 쓸모 있게 받아들인 적도 있다. 소유욕에 바스라져버린 사랑의 잔해들 앞에서 목 놓아 울어본 적도 있고, 쾌락인지 기쁨인지 모를 전율에 감동한 적도 있고, 교감의 충일함을 맛본 적도 있고, 깔끔한 거래를 통해 생의 공생을 도모해본 적도 있다. 정조를 지키기 위해 휴대용 감옥을 온몸에 두르고 다닌 적도 있으며, 나의 감정을 양보하기 위해 자기애를 지워가며 연인과의 규범에 익숙해지려고 무던한 애를 써본 적도 있다.

그러나 우리는, 열정은 식게 마련이고 탕자는 돌아오기 마련이며, 쾌락은 싫증나기 마련이고 정조는 유리잔처럼 깨어지기 직전까지만 쓸모 있다는 것을 알게 됐다. 동질감의 다음 정류장은 이질감이며, 공생의 다음 정차 역은 기생이라는 것을 알게 됐다. 아무리 지워도 밀물처럼 밀려오는 자기애가 규범을 이탈하려는 유혹을 끝끝내 이기지 못한다는 것도 알게 됐다.

봄날의 경이에 예민해지는 자. '그는 사랑을 아는 자'라고 조심스레 적어본다. 무슨 힘으로 그 딱딱한 것들을 뚫고 싹이 나고 꽃이 피는지, 그 힘이 시끄러워서 괴로울 정도의 봄, 봄이 오고 또 간다는 이 은근한 힘이, 당연한 것이 아니라 무슨 기적처럼 여겨지는 사람은 아마도, 사랑을 아는 자일 것이다. 우리는 저마다 꽃을 갖고 있다. 꽃은 부드럽게 떨리며 하루하루 꽃잎을 여닫는다. 단조로우면서도 환희에 찬 하루를 산다. 그 꽃은 한꺼번에 피어서 온 세상을 화사하게 뒤바꾸기도 하며 때로는 홀로 수줍게 피어 어느 한 산책자의 발길을 묶기도 한다.

사랑은 꽃을 키우듯 재배한다. 꽃 보듯, 바라보고 느끼고 이해한다. 시든 잎을 따주고 물을 준다. 물을 주지 않는다고 해서 금세 시들지는 않는다. 사막에 뿌리 내리는 과육식물처럼 습기를 잎사귀 안에 통통하게 축적해 놓는다. 사랑의 강령은 식물처럼 조용하고 간곡하다. 온기를 향해 두 팔을 내뻗으며 우리를 살갑게 안내한다. 사랑은 가장 고요하고 가장 고독한 행복이다. 햇살 가득한 아침에 기지개를 켜는 식물처럼, 우리가 얼마나 어둠 속에서 다시 차오르는 우물인지를 깨닫게 한다. 오해와 곡해 사이에서 언뜻언뜻 비치는 진실들을 씨앗처럼 조심스레 주워 땅에 심고는, 새로운 싹에 미리 설레며 다음 계절을 기다리게 한다.

이 반복과 변주는 불가피한 낭비를 낳기도 하고 불가항력의 상실을 낳기도 한다. 사랑이 저 혼자서 잘 살 수 있는 대지는 이제 어디에도 없다. 잘 살겠다는 욕망만큼 사랑을 망치는 것도 없다. 사랑이 나약해져서가 아니라, 대지가 더럽혀져서 사랑은 뿌리를 내리지 못한다. 음악이 장

르를 재창조하면서 진화했듯, 회화가 사조를 재정립하면서 제 갈 길을 가듯, 사랑도 지금 이즈음에서 새로운 호명을 애처롭게 기다리고 있다.

그러니까 이 시대의 사랑은, 제정신인 상태로 발화하는 살을 깎는 진실, 육체에 대한 갈증과 고민을 함께하는 연대, 결핍투성이인 채로 섬약해져만 가는 마음과의 조우, 더 이상 견딜 수 없을 것만 같은 삶의 비통, 그 부조리한 통증들에 대한 견딤. 통증이 아닌 채로 연기를 지속해가는 의연한 삶이 아닌, 그 통증에 눈알이 빨개져 눈물을 흘리는 예민함의 총칭이다.

이 모든 통증이 사라질까 두려워, 내 안에 너를, 너 안에 나를 통째로 복사해놓는 것이 사랑이다. 내 안에 복사된 너와 너 안에 복사된 나를 칩처럼 내장한 채로, 불편하게 살아가는 것이 사랑이다. 그때 우리는 신의 기밀문서를 육체에 새긴 첩보원이 된다. 평범하게 살아야만 들키지 않을 첩보원처럼, 스스로를 지켜내기 위해 생활을 하며 과업을 완수하기 위해 스스로를 지켜내야 한다. 첩보원의 첫 번째 계율은 사랑에 '빠지지' 않아야 한다는 것임을 명심하며.

만화방창 꽃들은 봄마다 새롭게 핀다. 아침저녁으로 바람은 불고 하늘은 푸르며, 비는 오고 나무는 젖는다. 버섯은 나무의 상처에 뿌리를 내리고, 이끼는 그늘 속에서 자란다. 자동차는 달리고 대기권은 콜록대며, 누군가는 면도날로 손목을 그으며 누군가는 손목에 시계를 찬다. 다행히도 우리는 찬연히 외롭다.

쌀쌀한 도시에서
손을 잡고서
나란히 둘이서 걷는 사람만
언젠가 한 번은 봄을 볼 수 있으리.
―라이너 마리아 릴케, 「봄을 그대에게」 부분

가능하다 당신을 한 뼘 한 뼘 재어보는 이 황홀한 오차.

가치 추구하기보다는 창조하는 것. 창조의 실패 중에 홀연히 출현해 있는 것.

간극 진실의 거처. 온갖 개념들의 안식처.

갈등 욕망이 가장 솔직하게 균형 잡힌 상태.

갑갑함 잡풀들이 좁은 틈에 뿌리 내리고 자라듯이, 적응하기로 작정하면 아무 문
제 없는 것.

강하다 갑각류처럼 뼈를 껍질로 환치시킨 상태. 내면은 뼈 없는 여린 속살뿐.
(참) 여리다

걱정 생로병사, 희로애락, 새옹지마, 회자정리에 대처하기 위한 완충지대. (참)
고민, 근심

결정 장고 끝에 악수를 두는 것.

경멸 싫어하는 것을 손도 대지 않고 학살하는 마음의 행위. 학살된 이후에도 질
기게 살아 있는 그것을 바라보는 행위. (참) 멸시, 환멸

경악 충격적인 난센스를 목격하는 것.

경이 새삼스럽게 혹은 비밀스럽게 목도되는 놀라움들.

고마움 미안함의 밀도가 높을수록 발화하기 어려워지는 것.

고민 할 거리를 찾아 옮겨 다닌다는 측면에서 유목적인 것. 비관의 바람둥이 짓.
(참) 걱정, 근심

고통 원근감에 속는 것. 그래서 타인의 재앙보다 내 손톱 밑의 가시가 더 아프다.

과감 절박하여 눈을 질끈 감고서라도 내어보는 용기. 절박하지 않은 채로라면

영락없이 바보가 될 수 있다.

관습 개인을 고려하지 않기로 한 약속들.

광기 고개를 내밀면 살해될 운명을 지닌 마음의 태왕太王.

괴로움 이러지도 못하고 저러지도 못하는 것인 듯하지만, 실은 이러기도 싫고 저
러기도 싫은 상태.

그리움 최승자 시인의 말대로, 청춘의 트라이앵글 중 하나. 청춘 이후로는, 유일
한 정신적 구호품.

근심 의논하고 나면 해결 가능해지는 것. 의논하지 않는다면 죽음에도 이를 수
있는 병. (참) 걱정, 고민

긍휼 쭈그려 떨고 있는 자에게 허리를 숙여 손을 내미는 것이 아니라, 옆에 자리
를 내어 함께 쭈그려 앉음으로써 시작되는 것.

기꺼움 계산하지 않겠다는 뜻. 저절로 호방해지는 배려들.

기미 언뜻언뜻한 진실들.

기별 기미의 각별한 손짓.

기색 기별의 작은 움직임.

기적 소리도 없이 조용히 도착한다, 믿고 있는 한. 요란한 기적은 대개 착각의
일부.

까다로움 발품을 팔아서라도 충족하고 싶은, 예민한 고급함.

까칠함 고슴도치인 척하는 섬약한 토끼들.

까탈 마음에 드는 것을 찾아 나서지 않는, 소극적이고도 게으른 까다로움. 혹은

까다로움의 불구不具.

꿈 현실이 처형하지 못하지만, 현실을 처형할 수 있는 것.

난해하다 기꺼이 오해하기에는 조심스럽거나 오해조차 동원하고 싶지 않다.

놀이 오직 즐거움에 나를 바치는 것.

뉘우침 후회가 제대로 된 근거를 만난 상태. (참) 후회

담담하다 간절하지는 않게, 예상했고 적중했다는 뜻.

덧없음 앉아서 내다보거나 둘러보다 깨닫는 야속함들.

도발 데울 음식이 있어서 켜는 가스레인지의 스위치 같은 것.

도취 절제될수록 호소력이 짙어지는, 일종의 바보 되기.

독종 닥치면 무엇이든 다 할 수 있지만, 이러는 나를 결코 안쓰러워하지 말라.
　　당신들의 연민은 재수가 없으니.

독하다 닥치면 무엇이든 다 할 수 있지만, 이러는 내가 조금은 안쓰럽다. 그래도
　　이 악물련다. (참) 모질다

뒤숭숭하다 불길한 예감의 아둔한 상태.

멀미 가속이 붙은 세상과 당신과 나의 감정에 대한 현기증.

멸시 경멸과 환멸의 혼합. 그것에서 시기심이 오롯이 피어나는 것. (참) 경멸, 환멸

모르다 모호성을 존중하는 신중함이거나, 호기심이 사산死産된 상태.

모질다 독함으로 다른 모든 감정들을 살균시키다. (참) 독하다

몰입 고독과 고통도 몰입을 하면 황홀해진다.

무서움 곧 끔찍한 일이 일어날 것만 같다. 몰래 지은 죄가 들킬 것만 같다.

미안함 호감의 가장 불편한 궁극. 잘 살고 싶어지는 근거.

미움 사랑의 질 나쁜 상태.

배려 타인에 대한 이해를 가장 은은하게 나타내는 자세.

보편 보통주의자들이 절대적으로 추구하는, 가장 난해한 가치.

부끄러움 자기 혼자만 생각해온 것이 들켰을 때에 느끼는 난감한 안도감. 무안함
    이나 창피함은 '당하는 것' 이지만, 부끄러움은 '타는 것' 이다.

불만 그 기대를 품기에 내가 얼마나 결점이 많은가를 우선 알아야 하는 것.

불손 불만에 찬 세상을 욕하고 다니는 것.

불순 불만에 찬 세상을 극복하기 위해 누군가를 이용하려는 것.

불온 불만에 찬 세상을 고발하기 위해 미학적인 자세를 갖는 것.

불행 행복추구권을 아직 쓰지 않았거나 빼앗긴 상태.

비웃음 정당하지 않은 방법으로 간단히 남을 제압하려는 행위.

상식 가장 많은 사람이 본 유령.

상처 통증이 가시고 나면 흉터로 남는 것. 흉터는 곧 삶의 흔적이 된다.

새침함 모서리를 손끝으로 훑으며 빠르게 지나가는 것.

설렘 뼈와 뼈 사이에 내리는 첫눈.

셀카 나만 보기 아까운 나를, 나에게 보여주는 것. 나를 당신처럼 사랑해보기.

소심 경우의 수를 너무 많이 헤아리는, 초식동물의 쫑긋거리는 귀.

숙고 한 가지 일에 대해서 골똘히 꿰뚫는 것.

슬픔 생의 속옷.

실패 나의 성장을 위한 거울이자 안전모.

애틋함 뼈와 뼈 사이에 내린 첫눈이 녹아내릴까 봐 안타까워하는 것.

야속함 뼈와 뼈 사이에 내린 첫눈이 녹아내리는 것을 지켜보는 일.

약속 지켜질 것만 같은 착각에 지켜질 가능성은 높아지지만, 못 지킬 약속을 많
이 '해두는' 관계는 언제나 이별을 알아채고 있다.

여리다 부드러운 살 속에는 강인한 뼈가 들어 있다. (참) 강하다

열정 혼자서는 불타오르지 못하는 정념. 석탄이나 석유처럼 점화와 발화의 순간
이 외부에 있다. (참) 정념

염치 나의 욕망과 최적의 거리두기.

용기 이성理性의 호소에 적극 귀를 기울이는 무모함.

우아함 사상 없이는 광대 짓에 불과하다.

우울 어떤 것을 맛보아도 이게 아니었다 여겨진다는 점에서, 마음이 식욕을 잃
어버린 상태.

웃음 불안한 사람들의 대인관계법

이성理性 본능을 체계적으로 숭배하기 위한 독지가.

자살 자신이 받은 충격을 타인들에게 고스란히 고발하는 행위로서의 자살은 타
살에 가까운 자살이며, 어떠한 것을 불멸한 것으로 숭배하기 위한 자살은 비
참을 모르려는 이상주의자의 클라이맥스.

잔인 상처에 소금을 뿌리는 짓.

정념 변태하는 애벌레가 나비가 되듯이, 자신을 단박에 변화시킬 수 있는 것.

(참) 열정

짝사랑 엄밀히 말하자면, 세상 모든 상처들은 이것의 선물.

참혹 뼈와 뼈 사이에 내린 폭우로 인한 참사.

첫사랑 '첫술'에 배부른 유일한 것.

청승 뼈와 뼈 사이에 가랑비가 내리는 것.

치유 고해로써 완전해지는 것.

침묵 말의 여백. 말의 내밀한 웅변. 말보다 가련한 가책. 말보다 순정한 꾸중.

칭찬 이 뒤에 비판이 이어지면 가식으로 치부되고, 비판 다음에 이것이 이어지
  면 결론으로 승격된다.

퇴폐 불청객과 연인처럼 놀아나는 것.

포르노그래피 젖과 꿀이 흐르는 가나안 땅을 가장 저렴하게 보여주는 방식.

피곤 한숨들의 덜그럭거림. 맷집을 과신하고 걸어간 감정의 뒤끝.

한숨 나의 궁리에 대한 나의 대답.

한심 어리석음에 대하여는 가장 천진한 상태.

행복 난로 옆에 앉아 졸고 있는 고양이의 미소.

호기심 호감의 최초 조건.

혼란 능력 없이 욕망을 내세울 때, 욕망 없이 욕심을 내세울 때.

환멸 미워하는 것들을 손도 대지 않고 학살하는 마음의 행위. 학살된 이후에도
  질기게 살아 있는 그것을 즐기는 행위. (참) 경멸, 멸시

후회 뒤를 돌아보고 느끼는, 근거 불충분의 쓸쓸한 긴장감. (참) 뉘우침

흔들림 가장 부드럽고 진솔한 상태. 견딜 만한 혼란.

흥 뼈와 뼈 사이에서 들리는 음악.

희망 삶의 진자운동을 일으키는 자기장. 흔들리고 흔들리다 보면 닿게 되는 지점.